Immer mit der Ruhe!

ISBN 978-3-649-61395-4

Hafenweg 30, 48155 Münster, Germany
Textsatz: Internetlitho
Textsammlung und Redaktion: Kai König

Printed in Slovakia

www.coppenrath.de

Immer mit der Ruhe!

Mit Illustrationen
von Stephan Pricken

COPPENRATH

Inhalt

Ulrich Schnabel

Der Wert des Nichtstuns

Was haben Cicero, Montaigne, Mark Twain, Winston Churchill, Albert Einstein und John Lennon gemein? Antwort: Sie waren allesamt große Freunde der (Bett-) Ruhe und liebten ihren Schlaf. Bei dem französischen Essayisten Michel de Montaigne ging diese Liebe sogar so weit, dass er seinen Diener anwies, ihn mitten in der Nacht zu wecken, damit er das Gefühl der Schläfrigkeit und das Vergnügen, wieder einzuschlafen, noch einmal genießen könne. Denn das einzig bedauerliche am Schlaf, so argumentierte Montaigne, sei der Umstand, dass man sich dessen Freuden, während man schlafe, leider nicht bewusst sei.

Inzwischen wagt es kaum noch jemand, den Schlaf derart zu verherrlichen. Im Gegenteil: Heute heißt es, früh und munter aus dem Bett zu springen und freudig sein Tagwerk in Angriff zu nehmen. Damit wir dem Übel der Ruhe nicht zu sehr frönen, hämmert man uns von Kindesbeinen an ruhestörende Merksätze in den Kopf wie: „Morgenstund hat Gold im Mund“ oder: „Früher Vogel fängt den Wurm“. Benjamin Franklin hat auf ganzer Linie gesiegt, jener amerikanische Staatsmann und Erfinder des Blitzableiters, der schon im 18. Jahrhundert das Frühaufstehen pries und in einem Tugendweiser sich und seine Zeitgenossen pausenlos antrieb: „Verliere keine Zeit, sei immer mit etwas Nützlichem beschäftigt; entsage aller unnützen Tätigkeit." Der Forscher unterwarf nicht nur die Naturgesetze sondern auch sein Leben einem strengen Kalkül, er legte sich in einem Tagebuch über jede Stunde seines Tages Rechenschaft ab und prägte schließlich 1748 jenen schicksalhaften Satz, der zur stahlharten Doktrin der industriellen Moderne werden sollte: „Zeit ist Geld".

Heute, ein Vierteljahrtausend später, sind wir alle kleine Franklins geworden. Die Ansichten des zwanghaften amerikanischen Fleißapostels haben sich gegen die Entspanntheit eines Michel de Montaigne auf ganzer Linie durchgesetzt. Statt den Schlaf zu lieben und zu zelebrieren, klagen insgesamt rund 70 Prozent aller Deutschen über gelegentliche, häufige oder ständige Schlafprobleme. Fast genauso viele, nämlich 72 Prozent, antworten auf die Frage nach dem Motiv für ihre tägliche Arbeit ganz im Sinne Franklins: „Um Geld zu verdienen". Dass man mit Arbeit auch positive Effekte wie „Selbstbestätigung" oder „Kontakt mit anderen

Menschen“ verbinden könnte, kommt nur einer Minderheit in den Sinn. Kurz gesagt: Wir schlafen schlecht und hassen unsere Arbeit und höchstwahrscheinlich hat das eine mit dem anderen eine ganze Menge zu tun. Höchste Zeit für eine Kurskorrektur. Höchste Zeit, sich von Benjamin Franklin nicht länger terrorisieren zu lassen und einmal die Freuden des Nichtstuns, des Faulenzens und des Dösens zu preisen. Da wir allerdings die Tugendpredigten von Franklins zahllosen Nachfolgern so verinnerlicht haben, dass wir den Müßiggang unwidersprochen als aller Laster Anfang akzeptieren, müssen wir die Jünger der Fleiß- und Produktivitätsreligion mit ihren eigenen Waffen schlagen: Indem wir uns klar machen, dass müßiggängerische Zustände wie Schlafen, Meditieren oder schlichtes Aus-dem-Fenster-Schauen keinesfalls verlorene Zeit sind. Im Gegenteil: Sie fördern nicht nur Wohlbefinden und Kreativität, sondern letztlich auch die Leistungskraft. [...]
Die Historie hält unzählige Beispiele dafür bereit, dass dem Schlaf viele große Ideen entspringen – und dass die Gnade keinesfalls nur auf gottesfürchtige Christenmenschen begrenzt ist. So berichtete etwa der geniale indische Mathematiker Ramanujan (1887–1920), ihm würden seine wunderbaren Formeln immer nachts von

der Göttin Namakkal eingegeben. Dem Chemiker Friedrich Kekulé (1829–1896) wurde die lang gesuchte Struktur des Benzolrings klar, als er von zwei, sich gegenseitig in den Schwanz beißenden Schlangen träumte. [...]

Auch von Johann Sebastian Bach ist die Erkenntnis überliefert, es sei nicht schwer, musikalische Ideen zu finden; das Problem sei, „morgens beim Aufstehen nicht auf sie zu treten." [...]

Dichter, Musiker und Denker bezeugen also: Müßiggang ist aller großen Ideen Anfang. Schöpferische Einfälle kommen uns häufig gerade dann, wenn wir sie nicht herbeizuzwingen versuchen, sondern die Gedanken schweifen lassen und der sprichwörtlichen Muse die Zeit und Gelegenheit geben, uns zu küssen. Und welcher Ort wäre dafür besser geeignet als das eigene Bett? [...]

In seinem Essay *On Lying in Bed* warnt der chinesisch-amerikanische Autor Lin Yutang nachdrücklich vor dem Frühaufstehen und preist das „Im-Bett-Liegen" als unschätzbares Gut. „Ein Schriftsteller wird in dieser Stellung mehr Einfälle für seine Artikel oder Romane bekommen, als wenn er morgens und nachmittags beharrlich an seinem Schreibtisch säße", propagiert Lin Yutang. „Denn dort, befreit von Telefonanrufen, wohlmeinenden Besuchern und den üblichen Trivialitäten des täglichen Lebens, sieht er das Leben gleichsam in einem Spiegel oder auf einer Perlleinwand, und ein Glorienschein poetischer Ideen fällt auf die Welt der Wirklichkeit und durchdringt sie mit magischer Schönheit."

Wissenschaftler betrachten die Sache naturgemäß nüchterner. Doch auch sie wissen um die ebenso heilsamen wie kreativitätsfördernden Effekte des Ausruhens. Zunehmend haben in den vergangenen Jahren Schlafforscher, Mediziner und Neurobiologen untersucht, was in unserem Organismus geschieht, wenn wir dösen, träumen oder einfach mal gar nichts tun.

Und dabei zeigt sich: In der Ruhe sind wir ganz schön aktiv. [...]

Einer der ersten Forscher, die auf diesen Zusammenhang stießen, war der Psychiater und Schlafforscher Robert Stickgold von der Harvard University. 1999 fand er heraus, dass sich bestimmte Lernleistungen durch eine entspannte Nachtruhe deutlich steigern lassen. Dazu ließ er seine Versuchspersonen zunächst Wahrnehmungsaufgaben an einem Computer üben und Unregelmäßigkeiten in einem ansonsten regelmäßigen Strichmuster erkennen. Wie zu erwarten verbesserte sich die Leistung der Probanden im Laufe der Übung kontinuierlich, die Reaktionszeiten zum Auffinden der Unregelmäßigkeiten wurden immer kürzer. Wirklich interessant wurde es allerdings am nächsten Tag: Nachdem Stickgolds Probanden eine Nacht geschlafen hatten, war ihre Leistung sprunghaft angestiegen, gerade so, als hätte das Gehirn im Schlaf weiter geübt. Hinderte man die Versuchspersonen am Schlafen, blieb der Lerneffekt prompt aus. [...]

Ähnliche Erkenntnisse lieferten Experimente mit Ratten, die tagsüber lernen mussten, sich in einem komplizierten Labyrinth zurechtzufinden. Anhand ihrer Hirnströme konnte der Neuroforscher Matthew Wilson vom MIT in Boston feststellen, dass die Ratten-

hirne während des Schlafens genau dieselben Muster wie am Tag produzierten. Wilson folgert daraus, dass die Nager im Schlaf noch einmal den Weg durch das Labyrinth vergegenwärtigen und sich so das tagsüber Gelernte unbewusst einprägen. [...]
Die geistige Erholung beginnt dabei erst so richtig im Tiefschlaf. Die langsamen Deltawellen fördern vor allem die Konsolidierung jenes Teils des Gedächtnisses, welcher für das Behalten von Fakten (Wissensgedächtnis) und die Erinnerung an bestimmte Episoden zuständig ist. Hat man etwa tagsüber Vokabeln gepaukt, ein neues Lied geübt oder seine erste Fahrstunde absolviert, so werden diese Fähigkeiten im sogenannten deklarativen Gedächtnis abgelegt und im Tiefschlaf gefestigt.
Drastisch hat das Jan Born an Medizinstudenten demonstriert: Nachdem diese sich tagsüber Lernstoff eingetrichtert hatten, verwehrte er ihnen nachts den Tiefschlaf. Prompt erinnerten sie sich am nächsten Morgen schlechter an die gebüffelten Fakten als Kommilitonen, die ihre Deltawellen ungestört genießen durften. In einer anderen Studie ließ er Schüler Vokabeln lernen und fragte sie zwei Tage später wieder ab. Dabei schnitten wiederum jene Schüler am besten ab, die nachts tief geschlafen hatten.

Besonders gut waren ihre Ergebnisse, wenn die Schüler ihre Vokabeln abends, kurz vor dem Schlafengehen, gelernt hatten. „Offensichtlich fördert der Schlaf die Gedächtniskonsolidierung insbesondere dann, wenn er relativ bald nach dem Lernen auftritt", folgert daraus Jan Born. Das hieße also: Eine neue Sprache und schwierige Fakten sollte man möglichst abends büffeln und dann ins Bett fallen. Den Rest besorgen die Deltawellen im Tiefschlaf. [...]

Selbst einen „Tuning-Effekt" für den Schlaf hat Jan Born entdeckt. Als er in einem Experiment mit Hilfe von Elektroden nächtens jene Hirnfrequenzen verstärkte, die im Tiefschlaf auftreten, schnitten diese Probanden bei Gedächtnistests am nächsten Tag um acht Prozent besser ab als jene, die ohne die elektronische Denkhilfe schlafen mussten. Kommt also bald die technisch hochgerüstete Deltaschlafmütze auf den Markt, die mit Hilfe entsprechender Elektroden unseren Tiefschlaf verstärkt und uns damit zu ungeahnten Leistungen beflügelt? Nicht auszuschließen, dass ein findiges Start-up-Unternehmen ein solches Produkt irgendwann auf den Markt bringt. [...]

Wer in der Nacht zu wenig Schlaf bekommt, braucht dennoch nicht zu verzweifeln. Für ihn oder sie gibt es immer noch ein Wundermittel: das altbewährte Mittagsschläfchen, das schon Winston Churchill zu schätzen wusste. Mit dem neumodisch-kurzen *power nap* hätte der britische Premier allerdings nichts anzufangen gewusst. Der war überzeugt, man brauche „eine gewisse Menge Schlaf zwischen Lunch und Dinner und keine halben Sachen". Großbritanniens Held, der Bezwinger Hitlers und Nobelpreisträger für Literatur, ging also jeden Nachmittag ins Bett und – verteidigte diese Angewohnheit offensiv: „Man soll nicht glauben, dass man weniger arbeitet, bloß weil man tagsüber schläft. Das ist eine alberne Vorstellung, und wer sie vertritt, hat keine Phantasie. Man schafft die Arbeit von zwei Tagen an einem – na ja, zumindest die von anderthalb, davon bin ich überzeugt." Er selbst habe jedenfalls den Zweiten Weltkrieg nur durchgestanden, weil er jeden Tag ein Schläfchen einlegte.

Heute würde Churchill massive Schützenhilfe vonseiten der Wissenschaft erhalten. Denn diese hat mittlerweile vielfach demonstriert, dass schon ein kurzes Dösen sich positiv auf die Leistungsfähigkeit auswirkt. So tritt etwa die Schlafforscherin Sara Mednick in einer Studie mit dem bezeichnenden Titel *A Nap is as Good as a Night* den Beweis an, dass in gewisser Hinsicht „ein Nickerchen so gut wie eine Nacht" ist.

Mednick, die einst als Doktorandin bei Robert Stickgold in Harvard begann und heute an der University of California in San Diego lehrt, ist mittlerweile zu einer lautstarken Lobbyisten für das Lernen im Schlaf geworden. Sie rechnet den amerikanischen Unternehmen vor, dass übermüdete Angestellte für Unfälle und Produktionsausfälle im Wert von jährlich 150 Milliarden Dollar verantwortlich seien und dass, so gesehen, kaum etwas lukrativer sei als gesunder Schlaf. In ihrem Buch *Take a nap! Change your life* preist sie das Nickerchen gar als lebensverändernde Kraft [...]
Wer etwa besonders seine Kreativität fördern will, sollte laut Mednick zwischendurch etwas träumen. Denn in einem ihrer Versuche, bei denen es um das kreative Finden von Begriffsanalogien ging, schnitten jene am besten ab, die ein Mittagschläfchen mit mindestens einer Traumphase einlegten. „Für geistige Aufgaben, an denen wir schon geraume Zeit arbeiten, genügt einfach etwas Zeit, um eine Lösung zu finden", kommentiert Mednick. „Bei einer neuen Herausforderung kann aber nur der Traumschlaf die Kreativität steigern." [...]
Doch kreative Geistesblitze sind für Mednick nur einer von vielen Gründen, sich mittags aufs Ohr zu legen. In einem Nickerchen-Manifest zählt sie insgesamt 20 Vor-

teile des Mittagsschlafs auf (siehe *The Nap Manifesto*). Für die Schlafforscherin ist ein Schläfchen von unschätzbarem Wert, weil es

- die Aufmerksamkeit um bis zu 100 Prozent erhöht;
- die motorische Koordination und die Genauigkeit stärkt, was Gitarristen, Tänzerinnen oder Athleten ebenso zugute kommt wie Mechanikern, Verkäufern und Chirurginnen;
- Wahrnehmungsfähigkeit und Entscheidungsfreude verbessert;
- das Risiko für Herzinfarkte und Schlaganfälle reduziert, die häufig durch Müdigkeit befördert werden;
- ein jugendliches Aussehen bewahren hilft;
- das Abnehmen fördert, da Ausgeschlafene weniger Heißhunger auf Süßigkeiten oder fettigen Knabberkram verspüren;
- allgemein die Stimmung hebt, da beim Schlafen der Botenstoff Serotonin im Gehirn freigesetzt wird;
- Stress ebenso reduziert wie die Abhängigkeit von Drogen oder Alkohol, die häufig als Mittel gegen Erschöpfung eingesetzt werden;

- Gedächtnisleistung und Kreativität verbessert;
- für einen besseren Nachtschlaf sorgt, indem es Übermüdung vorbeugt;
- und überdies – in den USA ein unschlagbares Argument – zu einem besseren Sexleben führt.

All diese Effekte seien nicht nur wissenschaftlich bewiesen, schreibt Mednick, sondern auch noch „kostenlos, ohne Schadstoffe und ohne gefährliche Nebenwirkungen“ zu haben.
Kein Wunder, dass so viele große Geister auf ihren Mittagsschlaf schworen! […]
Historische Größen wie Churchill, Napoleon oder Leonardo da Vinci kamen nur deshalb mit wenig Nachtschlaf aus, weil sie die Kunst perfektioniert hatten, sich tagsüber die notwendigen Ruhepausen zu gönnen. Dass man auf diese Weise Höchstleistungen vollbringen kann, beweist in unseren Tagen die Schwimmerin Britta Steffens. Die Doppel-Olympiasiegerin schätzt ihr tägliches Mittagsschläfchen so sehr, dass sie sich zum Beispiel bei Fototerminen die Zeit für ein Nickerchen vertraglich zusichern lässt.
Dennoch hält sich hartnäckig das Vorurteil, die Mittagsruhe sei nur etwas für Schwächlinge. Vor allem in der Geschäftswelt gilt es als ungehörig, sich ein

erquickendes Schläfchen zu gönnen, etwa mit dem Kopf auf der Tischplatte oder gar ausgestreckt auf dem Sofa. [...]

Da hilft nur der Mut zu unkonventionellen Lösungen. Dösen kann man schließlich überall. Zur Not stapelt man ein paar Bücher auf den Schreibtisch, auf die man seinen Kopf betten kann (vorsichtige Naturen schlagen die Bücher auf, als seien sie gerade in die Lektüre vertieft). Andere quetschen sich in die Toilettenkabine, quer über den Sitz, die Füße gegen die Wand, den Kopf weich auf die Klopapierrolle gebettet. [...]

Besser als solche halbherzigen Lösungen wäre allerdings ein allgemeiner Sinneswandel, ein Paradigmenwechsel in Sachen Mittagsschlaf. Menschen in Führungsposition kann man da nur raten, mit gutem Beispiel voranzuliegen. Ihre Mitarbeiter werden es Ihnen danken!

Axel Hacke

Der Erlediger

Eine Person fehlt in meinem Leben: ein Erlediger.
Was wären seine Aufgaben?
Ich stelle mir vor, dass der Erlediger mich befreit von den Gemeinheiten des Alltags, dass er den Banalitätensumpf entwässert, in dessen schmatzendem Schlamm ich unterzugehen drohe wie die grauenhaft schreienden Ponys in den Mooren des großen Grimpensumpfes, nachzulesen in Arthur Conan Doyles *Der Hund von Baskerville.*
Um es konkret zu sagen: In der Lampe über dem Küchentisch sitzen drei winzige Spezialglühlampen. Sie sind alle kaputt. An der schwarzen Lederjacke, mit welcher bekleidet ich einst Paola kennenlernte und an der also süßeste Erinnerungen hängen, sind die Stoffbündchen am Ärmelende zerfasert und müssen repariert werden. In der Ikea-Küche fehlt eine Ikea-Spezialschraube, welche nur erhältlich ist bei Ikea selbst, jener Vorhölle am Stadtrand, die ich nie wieder aufsuchen wollte, weil meine Nerven die Schlangen an der Autobahnabfahrt, die verlorenge-

gangenen Kinder, die zu kleinen Kofferräume, die Kreischanfälle beim Möbelzusammenbau nicht aushalten, nein, bitte, ich halte sie nicht mehr aus, aus, aus …

Und in der Wohnzimmerlampe ist mir das Glas einer Glühbirne, die ich auswechseln wollte, beim Herausschrauben zerbrochen. Nun sitzt das Metallgewinde allein in der Fassung, und ich bringe es nicht heraus, nicht mal mit Zange. Und an meiner alten Aktentasche löst sich der Boden vom Rest. Sie muss gerichtet wer-

den. Und eine Tasche meiner Lieblingshose hat ein Loch, und …
Solche Sachen sind zu machen.
„Wann erledigst du das?“, fragt Paola, meine Frau.
„Wann erledigst du das?“, fragen mich die Sachen.
„Wann erledigst du das?“, frage ich mich selbst.
„Ich … ich … weiß nicht“, sage ich.
„Ach!“, sagt Paola.
„Ach!“, sagen die Sachen.
„Ach!“, sage ich.
Dann gehe ich wegen der Glühlampen zum Elektroladen, aber der Besitzer sagt, ich solle eine von den Glühlampen mitbringen, weil er die Wattzahl wissen müsse, denn wenn ich Glühlampen mit zu viel Watt kaufte, könnte der Trafo in der Lampe überfordert sein. Da gehe ich wieder heim ohne Lampen und habe wieder etwas nicht erledigt.
Dann gehe ich zum Schneider gegenüber, damit er die Lederjacke repariert, aber der Schneider sagt, „in Leder“ arbeite er nicht, da müsse ich ein paar Straßen weiter, aber der Laden dort macht erst um elf Uhr auf und um sechs schon wieder zu, und um elf muss ich im Büro sein und um sechs immer noch. Da gehe ich wieder weg und habe wieder etwas nicht erledigt.
Dann gehe ich zum Schuhmacher mit meiner Akten-

tasche, aber der Schuhmacher hat gerade Betriebsferien – und ich gehe wieder heim und habe wieder etwas nicht erledigt.
Und dann fahre ich zu Ikea, und … nein, zu Ikea fahre ich nicht, nein, nein, nein.
Solche Sachen … Es gibt im Leben die großen Gefahren, vom Velociraptor über den Säbelzahntiger bis zum Herzinfarkt, reißende Ungeheuer mit gewaltigen Gebissen. Dann aber gibt es noch die kleinen Mistviecher, vom kläffenden Köter bis zum Kopfschmerz, winzige Zermürber, die an jeder Ecke lauern, zermürb, zermürb, zermürb. Warum war ich noch nie in Finnland zum Urlaub? Weil ich gehört habe, dass man in Finnland, kaum dass man sich im Sommer an einem schönen See niedergelassen hat, von Mücken überfallen wird, Millionen finnischer Mücken, die alle „Hyttynen" heißen und stechen wollen.
Aber hier, wo ich wohne und nicht Urlaub mache, gibt es auch Schwärme von Lästigkeiten, meine Seele verbeulende, nahezu tödliche Lästigkeiten. Deshalb will ich einen Erlediger, der morgens kommt und meine Aufträge entgegennimmt und alles wegmacht, Löcher und nichtleuchtende Lampen und fehlende Schrauben und …
Ach, Erlediger, tritt endlich in mein Leben!

Erich Kästner

Bürger, schont eure Anlagen

Arbeit lässt sich schlecht vermeiden,
und sie ist der Mühe Preis.
Jeder muss sich mal entscheiden.
Arbeit zeugt noch nicht von Fleiß.

Arbeit muss es quasi geben,
denn der Mensch besteht aus Bauch.
Arbeit ist das halbe Leben,
und die andre Hälfte auch.

Seht euch vor, bevor ihr schuftet!
Zieht euch keinen Splitter ein.
Wer behauptet, dass Schweiß duftet,
ist (ganz objektiv) ein Schwein.

Zählt die Arbeit zu den Strafen!
Wer nichts braucht, braucht nichts zu tun.
Legt euch mit den Hühnern schlafen,
wenn es geht: pro Mann ein Huhn.

Manche geben keine Ruhe,
und sie schuften voller Wut.
Doch ihr Tun ist nur Getue,
und es kleidet sie nicht gut.

Lasst euch auf den Sofas treiben!
Gut geträumt ist halb gelacht.
Hände sind zum Händereiben.
Sprecht schon morgens „Gute Nacht!“

Lasst die Wecker ruhig rasseln!
Zeigt dem Krach das Hinterteil.
Lasst die Moralisten quasseln.
Bietet euch nicht täglich feil.

Wozu macht ihr Karriere?
Ist die Erde denn kein Stern?
Tut, als ob stets Sonntag wäre,
denn er ist der Tag des Herrn.

Vieles tun heißt vieles leiden.
Lebt, so gut es geht, von Luft.
Arbeit lässt sich schlecht vermeiden –
und wer schuftet, ist ein Schuft!

Mark Twain

Tom streicht einen Zaun

Der Sonnabend Morgen tagte, die ganze sommerliche Welt draußen war sonnig und klar, sprudelnd von Leben und Bewegung. In jedem Herzen schien's zu klingen und zu singen, und wenn das Herz jung war, trat der Klang unversehens auf die Lippen. Freude und Lust malte sich in jedem Antlitz, jeder Schritt war beflügelt. Die Akazien blühten und erfüllten mit ihrem köstlichen Duft rings alle Lüfte.

Tom erschien auf der Bildfläche mit einem Eimer voll Tünche und einem langstieligen Pinsel. Er stand vor dem Zaun, besah sich das zukünftige Feld seiner Tätigkeit und es war ihm, als schwände mit einem Schlage alle Freude aus der Natur. Eine tiefe Schwermut bemächtigte sich seines ahnungsvollen Geistes. Dreißig Meter lang und neun Fuß hoch war der unglückliche Zaun! Das Leben schien ihm öde, das Dasein eine Last. Seufzend tauchte er den Pinsel ein und fuhr damit über die oberste Planke, wiederholte das Manöver einmal und noch einmal. Dann verglich er die unbedeutende übertünchte Strecke mit der Riesenausdehnung des noch ungetünchten Zaunes und ließ sich entmutigt auf ein paar knorrigen Baumwurzeln nieder.

[...]

Bald würden sie vorüber schwärmen, die glücklichen Jungen, die heute frei waren, auf die Berge, in den Wald, zum Fluss, überall hin, wo's schön und herrlich war. Und wie würden sie ihn höhnen und auslachen und verspotten, dass er dableiben und arbeiten musste, – schon der Gedanke allein brannte wie Feuer. Er leerte seine Taschen und musterte seine weltlichen Güter, – alte Federn, Glas- und Steinkugeln, Marken und sonst allerlei Kram. Da war wohl genug, um sich dafür einen Arbeitstausch zu verschaffen, aber keineswegs genug, um sich auch nur eine knappe halbe Stunde voller Freiheit zu erkaufen. Seufzend wanderten die beschränkten Mittel wieder in die Tasche zurück und Tom musste wohl oder übel die Idee fahren lassen, den einen oder andern der Jungen zur Beihilfe zu bestechen. In diesem dunklen, hoffnungslosen Moment kam ihm eine Eingebung! Eine große, eine herrliche Eingebung! Er nahm seinen Pinsel wieder auf und machte sich still und emsig an die Arbeit. Da tauchte Ben Rogers in der Entfernung auf, Ben Rogers, dessen Spott er von allen gerade am meisten gefürchtet hatte. Ben's Gang, als er so daherkam, war ein springender, hüpfender kurzer

Trab, Beweis genug, dass sein Herz leicht und seine Erwartungen hochgespannt waren. Er biss lustig in einen Apfel und ließ dazu in kurzen Zwischenpausen ein langes, melodisches Geheul ertönen, dem allemal ein tiefes gezogenes ding–dong–dang, ding–dong–dang folgte. Er stellte nämlich einen Dampfer vor. Als er sich Tom näherte, gab er Halbdampf, hielt sich in der Mitte der Straße, wandte sich stark nach Steuerbord und glitt drauf in stolzem Bogen dem Ufer zu, mit allem Aufwand von Pomp und Umständlichkeit, denn er stellte nichts Geringeres vor als den „Großen Missouri" mit neun Fuß Tiefgang. Er war Schiff, Kapitän, Mannschaft, Dampfmaschine, Glocke, alles in allem, stand also auf seiner eigenen Schiffsbrücke, erteilte Befehle und führte sie aus.

„Halt, stoppen! Klinge–linge–ling." Der Hauptweg war zu Ende und der Dampfer wandte sich langsam dem Seitenweg zu. „Wenden! Klingelingeling!" Steif ließ er die Arme an den Seiten niederfallen. „Wenden, Steuerbord! Klingelingeling! Tschu! tsch – tschu – u – tschu!"

Nun beschrieb der rechte Arm große Kreise, denn er stellte ein vierzig Fuß großes Rad vor. „Zurück, Backbord! Klingelingeling! Tschu–tsch–tschu–u–sch!" Der linke Arm begann nun Kreise zu beschreiben. „Steuer-

bord stoppen! Lustig, Jungens! Anker auf – nieder! Klingeling! Tsch–tschuu–tschu! Los! Maschine stoppen! He, Sie da! Scht–sch–tscht!" (Ausströmen des Dampfes.)
Tom tünchte währenddessen und ließ den Dampfer Dampfer sein, Ben starrte ihn einen Augenblick an und grinste dann:
„Hi-hi! Festgenagelt – äh?"
Keine Antwort, Tom schien seinen letzten Strich mit dem Auge eines Künstlers zu prüfen, dann fuhr er zart mit dem Pinsel noch einmal drüber und übersah das Resultat in derselben kritischen Weise wie zuvor. Ben marschierte nun neben ihm auf. Toms Mund wässerte nach dem Apfel, er hielt sich aber tapfer an die Arbeit. Sagt Ben:
„Hallo, alter Junge, Strafarbeit, ja?"
„Ach, du bist's, Ben, ich hab' gar nicht aufgepasst!"
„Hör du, ich geh schwimmen, willst du vielleicht mit? Aber gelt, du arbeitest lieber, natürlich, du bleibst viel lieber da, gelt?"
Tom maß ihn erstaunt von oben bis unten.
„Was nennst du eigentlich arbeiten?"
„W-was? Ist das keine Arbeit?"
Tom tauchte seinen Pinsel wieder ein und bemerkte gleichgültig:

„Vielleicht – vielleicht auch nicht! Ich weiß nur so viel, dass das dem Tom Sawyer passt."

„Na, du willst mir doch nicht weismachen, dass du's zum Vergnügen tust?"

Der Pinsel strich und strich.

„Zum Vergnügen? Na, seh nicht ein, warum nicht. Kann unsereiner denn alle Tag 'nen Zaun anstreichen?"

Das warf nun ein neues Licht auf die Sache. Ben überlegte und knabberte an seinem Apfel. Tom fuhr sachte mit seinem Pinsel hin und her, trat dann zurück, um die Wirkung zu prüfen, besserte hier und da noch etwas nach, prüfte wieder, alles ohne sich im geringsten um Ben zu kümmern. Dieser verfolgte jede Bewegung, eifriger und eifriger mit steigendem Interesse. Sagt er plötzlich:

„Du, Tom, lass mich ein bisschen streichen!"

Tom überlegte, schien nachgeben zu wollen, gab aber diese Absicht wieder auf: „Nein, nein, das würde nicht gehen, Ben, wahrhaftig nicht. Weißt du, Tante Polly nimmt's besonders genau mit diesem Zaun, so dicht bei der Straße, siehst du. Ja, wenn's irgendwo dahinten wär, da lag nichts dran, – mir nicht und ihr nicht – so aber! Ja, sie nimmt's ganz ungeheuer genau mit diesem Zaun, der muss ganz besonders vorsichtig gestrichen werden, – einer von hundert Jungen vielleicht, oder noch weniger, kann's so machen, wie's gemacht werden muss."

„Nein, wirklich? Na, komm, Tom, lass mich's probieren, nur ein ganz klein bisschen. Ich ließ dich auch dran, Tom, wenn ich's zu tun hätte!"

„Ben, wahrhaftig, ich tät's ja gern, aber Tante Polly – Jim hat's tun wollen und Sid, aber die haben's beide nicht gedurft. Siehst du nicht, wie ich in der Klemme stecke? Wenn du nun anstreichst und 's passiert was und der Zaun ist verdorben, dann –"

„Ach, Unsinn, ich will's schon rechtmachen. Na, gib her, – wart, du kriegst auch den Rest von meinem Apfel; 's ist freilich nur noch der Butzen, aber etwas Fleisch sitzt doch noch drum."

„Na, denn los! Nein, Ben, doch nicht, ich hab Angst, du –"

„Da hast du noch 'nen ganzen Apfel dazu!" Tom gab nun den Pinsel ab. Widerstreben im Antlitz, Freude im Herzen. Und während der frühere Dampfer „Großer Missouri" im Schweiße seines Angesichts drauflos strich, saß der zurückgetretene Künstler auf einem Fässchen im Schatten dicht dabei, baumelte mit den Beinen, verschlang seinen Apfel und brütete über dem Gedanken, wie er noch mehr Opfer in sein Netz zöge.

An Material dazu war kein Mangel. Jungen kamen in Menge vorüber. Sie kamen, um zu spotten, und blieben, um zu tünchen! Als Ben müde war, hatte Tom schon Kontrakt gemacht mit Billy Fischer, der ihm einen fast neuen, nur wenig geflickten Drachen bot. Dann trat Johnny Miller gegen eine tote Ratte ein, die an einer Schnur zum Hin- und Herschwingen befestigt war, und so weiter und so weiter, Stunde um Stunde. Und als der Nachmittag zur Hälfte verstrichen, war aus Tom, dem mit Armut geschlagenen Jungen mit leeren Taschen und leeren Händen, ein im Reichtum förmlich schwelgender Glücklicher geworden. Er besaß außer den Dingen, die ich oben angeführt, noch zwölf Steinkugeln, eine freilich schon etwas stark beschädigte Mundharmonika, ein Stück blaues Glas, um die Welt dadurch zu betrachten, ein halbes Blasrohr, einen alten Schlüssel und nichts damit aufzuschließen, ein Stück Kreide, einen halb zerbrochenen Glasstöpsel von einer Wasserflasche, einen Bleisoldaten, ein Stück Seil, sechs Zündhütchen, ein junges Kätzchen mit nur einem Auge, einen alten messingnen Türgriff, ein Hundehalsband ohne Hund, eine Messerklinge, vier Orangenschalen und ein altes, wackeliges Stück Fensterrahmen. Dazu war er lustig und guter Dinge, brauchte sich gar nicht weiter anzustrengen die ganze Zeit über und

hatte mehr Gesellschaft beinahe, als ihm lieb war. Der Zaun wurde nicht weniger als dreimal vollständig überpinselt, und wenn die Tünche im Eimer nicht ausgegangen wäre, hätte er zum Schluss noch jeden einzelnen Jungen des Dorfes bankrott gemacht.
Unserm Tom kam die Welt gar nicht mehr so traurig und öde vor. Ohne es zu wissen, hatte er ein tief in der menschlichen Natur wurzelndes Gesetz entdeckt, die Triebfeder zu vielen, vielen Handlungen. Um das Begehren eines Menschen, sei er nun erwachsen oder nicht, – das Alter macht in dem Fall keinen Unterschied – also, um eines Menschen Begehren nach irgendetwas zu erwecken, braucht man ihm nur das Erlangen dieses „etwas" schwierig erscheinen zu lassen. Wäre Tom ein gewiegter, ein großer Philosoph gewesen, wie zum Beispiel der Schreiber dieses Buches, er hatte daraus gelernt, wie der Begriff von Arbeit einfach darin besteht, dass man etwas tun muss, dass dagegen Vergnügen das ist, was man freiwillig tut. Er würde verstanden haben, warum künstliche Blumen machen oder in einer Tretmühle gehen „Arbeit" heißt, während Kegelschieben im Schweiße des Angesichts oder den Montblanc erklettern lediglich als Vergnügen gilt. Ja, ja, wer erklärt diese Widersprüche in der menschlichen Natur!

Joachim Ringelnatz

Sommerfrische

Zupf dir ein Wölkchen aus dem Wolkenweiß,
das durch den sonnigen Himmel schreitet.
Und schmücke den Hut, der dich begleitet,
mit einem grünen Reis.

Verstecke dich faul in der Fülle der Gräser.
Weil's wohltut, weil's frommt.
Und bist du ein Mundharmonikabläser
und hast eine bei dir, dann spiel, was dir kommt.

Und lass deine Melodien lenken
von dem freigegebenen Wolkengezupf.
Vergiss dich. Es soll dein Denken
nicht weiter reichen als ein Grashüpferhupf.

Martin Suter

Widmann, Workaholic

Auf Widmanns Ebene sind alle Workaholics: Tauber, Eicher, Schmutz, sogar Baumler auf seine Art. Obwohl dieser lange Trockenperioden hat, in denen sein Parkplatz wochenendlang leer steht. Aber danach packt es ihn umso heftiger.
Ein Quartalsworkaholic.
Widmann selbst ist eher ein Gesellschaftsworkaholic. Er tut es einfach, weil es gesellschaftlich erwartet wird. Wenn er ehrlich ist, mag er es nicht, das Arbeiten. Er muss sich richtig überwinden. Er könnte ohne Probleme ganz ohne auskommen. Er könnte monatelang keinen Finger rühren, ohne auch nur die Spur einer Entzugserscheinung. Er könnte die Wochenenden unrasiert im Trainingsanzug durchbrunchen, mit kurzen Erholungsphasen auf dem Liegestuhl, dem Sofa oder dem Bett, je nach Wetter und Tageszeit.
Stattdessen muss er im gemäßigten Freizeitlook mit Exposés in der Hand durch die leeren Gänge tigern und darauf achten, dass er dabei von Tauber, Eicher, Schmutz oder Baumler gesehen wird.

Wenn es nach ihm ginge, würde er Punkt siebzehn Uhr nullnull den Griffel fallen lassen und auf einen Drink oder zwei in die Big-Ben-Bar gehen oder auf die Lago-Terrasse, je nach Jahreszeit und Witterung. Aber der gesellschaftliche Zwang, bis neunzehn Uhr Dinge zu erledigen, die ohne Weiteres bis morgen warten könnten, und dann zu Hause anzurufen, dass es – guess what? – wieder einmal später werde, ist stärker. So sitzt er Abend für Abend am Schreibtisch, erledigt längst Erledigtes und beteiligt sich am Lichterwettbewerb der oberen Kader: Wessen Licht geht zuletzt aus? Widmann würde auch sein Ferienguthaben voll aus-

schöpfen. Er wäre ein Naturtalent im Brückenschlagen zwischen Wochenenden und offiziellen Feiertagen. Er würde aus seinen fünf Wochen mit ein paar Kniffen über sechs machen, in günstigen Kalenderjahren sogar über sieben. Aber nein, er stößt in den Ferien später dazu und reist früher ab. Er verbringt die Siestas vor dem Laptop und ist rund um die Uhr auf dem Handy erreichbar. Er legt sich einen Vorrat an nicht bezogenen Ferienwochen an, als Konversationsthema für Tauber, Eicher, Schmutz oder Baumler.

Am Kaffeeautomaten begegnen sie sich manchmal bei einem kurzen Boxenstopp. Während der bittere Espresso ins Styropor fließt, bleibt Zeit zum Austausch einiger Stoßseufzer über den momentanen Zustand der Überlastung.

Wenn nämlich einer auf Widmanns Ebene kein Workaholic ist, gerät er leicht in den Verdacht, nicht überlastet zu sein. Überlastung ist jedoch das untrüglichste Anzeichen für Unersetzlichkeit. Jemand, der nicht überlastet ist, macht einen Job, den auch andere erledigen können. So bleibt Widmann nichts anderes übrig, als mitzuhalten. Sechzig, siebzig, sogar achtzig Wochenstunden hinzulegen und so oft wie möglich im Kreis der Mitbetroffenen darüber zu reden. „Mein Name ist Widmann, ich bin ein Workaholicer."

Anonym

Die Arbeitswoche - Parole der Werktätigen -

Montag lass die Arbeit ruh'n.
Dienstag sollst du wenig tun.
Von der ganzen Plackerei
mach dich dann am Mittwoch frei.
Donnerstag lohnt kein Beginnen.
Freitag sollst du dich besinnen,
dass am Samstag Ruhe sei.
Sonntag hast du endlich frei.

Amelie Fried

Mein Schweinehund und ich

Es gibt eine Gestalt in der Literatur, die mir immer sehr sympathisch war: Oblomow, der herzensgute, aber stinkfaule Gutsbesitzerssohn, der sein Leben mehr oder weniger im Bett verbringt und sich auf diese Weise vor allem drückt, was anstrengend oder schwierig werden könnte. Ich geb's ja ungern zu, aber irgendwie fühle ich mich Oblomow seelenverwandt.

Am allerliebsten liege ich bequem herum, lese ein gutes Buch und esse was Leckeres dazu. Leider komme ich nicht besonders oft dazu, weil ich so viel zu tun habe, dass an Faulenzen nicht zu denken ist. Aber ich schwöre Ihnen: Wenn ich könnte, dann würde ich faulenzen, dass die Schwarte kracht. Tagelang, wochenlang …

Ich werde meistens ausgelacht, wenn ich behaupte, ich sei faul, weil ich ja tatsächlich wahnsinnig viel mache. Vieles davon mache ich aber nur, weil ich mich für meine Faulheit geniere und nicht will, dass andere sie bemerken. Es handelt sich um eine Art kompensatorischen Fleiß aus Verlegenheit. Und kaum jemand ahnt,

was ich alles nicht mache, obwohl es ganz dringend gemacht werden müsste!
Seit Monaten ist zum Beispiel der Boden meines Arbeitszimmers mit Büchern und Papierstapeln bedeckt, die ich sortieren und ausmisten müsste. Weil ich dazu viel zu faul bin, nehme ich ständig Aufträge für Artikel, Moderationen oder sonstige Jobs an. Da herrscht Termindruck, da gibt's kein Entkommen, das muss ich machen. Die Bücherstapel machen keinen Termindruck, die liegen nur dumm rum, und ich kann sie genauso gut liegen lassen.
Seit bald acht Jahren habe ich es nicht mehr geschafft, die hunderttausend Fotos ins Album zu kleben, die bei Kindergeburtstagen, an Weihnachten und im Sommerurlaub geschossen worden sind. Die Kinder werden größer, mein schlechtes Gewissen auch, aber umpfff! – allein die Vorstellung, tagelang einzukleben, zu beschriften, Negative zu sortieren, Abzüge zu bestellen – da schreibe ich doch lieber wieder ein Buch!
Auch die überquellenden Schränke, der vollgestopfte Abstellkeller, die Koffer voller ausrangierter Kinderkleidung – sie alle schreien danach, ausgemistet und aufgeräumt zu werden, aber beim schieren Gedanken daran überfällt mich eine grässliche, oblomowsche

Lähmung, und ich muss mich erst mal ein bisschen aufs Sofa legen und darüber nachdenken, wie ich diesen verhassten Tätigkeiten entkommen kann, ohne dass es so aussieht, als wäre ich faul.
Vor ein paar Dingen kann man sich ja leider schwer drücken, obwohl ich einige Mühe aufwende, es doch hinzukriegen. Das morgendliche Aufstehen zum Beispiel ist für einen Nachtmenschen wie mich der blanke Horror. Seit das neue Schuljahr begonnen hat, klingelt der Wecker noch eine dreiviertel Stunde früher als bisher, weil Leos Schulweg weiter ist. Tja, dachte ich mir, das Beste ist wohl, ich gehe auf eine längere Lesereise, dann muss mein Mann morgens mit den Kindern aufstehen, während ich faul und gemütlich in meinem Hotelzimmer liege und ausschlafe. Ich hoffe nur, er kommt mir nicht auf die Schliche!
Das Schlimme ist ja, dass man heutzutage nicht mal mehr in seiner Freizeit in Ruhe abhängen kann, weil ständig erwartet wird, dass man aktiv ist. Man soll Sport treiben, sich mit Freunden treffen, das kulturelle Angebot seines Wohnortes nutzen, pädagogisch wertvolle Spiele mit seinen Kindern machen, sich weiterbilden, die Natur genießen – ja, wann zum Teufel kann man denn mal nichts tun? Einfach rumsitzen und Löcher in die Luft starren?

Man muss das Faulsein nämlich auch üben, sonst verlernt man es. Mein Problem ist inzwischen, dass ich es kaum noch aushalte, untätig zu sein. Dass ich unruhig werde und mir überlege, was ich tun könnte, wenn ich mal nichts zu tun habe. Und dann kann es sogar passieren, dass ich aus lauter Angst vor Leerlauf Schränke ausmiste und Fotos einklebe. Mein innerer Schweinehund ist schon ganz beleidigt, weil es auf ihn so wirkt, als würde es mich kaum Mühe kosten, ihn zu überwinden. Irrtum! Ich bin eine verhindert Faulenzerin, eine, die wahnsinnig gerne nichts tun würde, wenn sie es nur könnte. Oblomow hilf!

Iwan Gontscharow

Oblomow

In der Gorochowaja-Straße, in einem der großen Häuser, dessen Bewohnerschaft für eine ganze Kreisstadt ausgereicht hätte, lag Ilja Iljitsch Oblomow eines Morgens in seiner Wohnung im Bette.

Er war ein Mann von zwei- oder dreiunddreißig Jahren, von mittlerer Statur und angenehmen Äußern, mit dunkelgrauen Augen; aber seine Gesichtszüge zeigten einen Mangel an jeder bestimmten Idee und an jedem regen Interesse. Ein Gedanke flog wie ein freier Vogel über sein Gesicht, flatterte in den Augen umher, setzte sich auf die halbgeöffneten Lippen, versteckte sich in den Falten der Stirn, ging darauf ganz verloren, und dann verbreitete sich über sein ganzes Gesicht die warme, gleichmäßige Helle der Sorglosigkeit. Von dem Gesichte ging diese Sorglosigkeit auf die Haltung des ganzen Körpers über, sogar auf die Falten des Schlafrocks.

Manchmal verdunkelte sich sein Blick durch einen Ausdruck von Müdigkeit oder Langeweile; aber weder die Müdigkeit noch die Langeweile vermochten auch nur für einen Augenblick von seinem Gesichte die Weichheit zu verscheuchen, die der herrschende Zug, der Grundzug nicht nur seines Gesichtes, sondern auch seiner ganzen Seele war; seine Seele aber leuchtete hell und offen in seinen Augen, in seinem Lächeln, in jeder Bewegung des Kopfes und der Hände. Auch ein kühler, flüchtiger Beobachter würde, wenn er Oblomow im Vorbeigehen angeblickt hätte, gesagt haben: „Das muss ein guter Kerl, eine treue Seele sein!" Ein Mensch mit tieferem Blicke und wärmerem Herzen würde ihm lange ins Gesicht geschaut haben und, in angenehmes Sinnen versunken, mit einem Lächeln auf den Lippen weitergegangen sein.

Ilja Iljitschs Gesichtsfarbe war weder frisch und rot, noch auch gebräunt, noch auch geradezu blass, sondern von unbestimmtem Charakter, oder wenigstens machte sie diesen Eindruck, vielleicht weil Oblomow in einer seinen Jahren gar nicht entsprechenden Weise aufgedunsen war: sei es infolge des Mangels an Bewegung, sei es infolge des Mangels an frischer Luft, vielleicht auch aus beiden Gründen. Überhaupt schien sein Körper, nach der matten, übermäßig weißen Farbe des Halses, den kleinen fleischigen Händen und den weichen Schultern zu urteilen, für eine Mannsperson gar zu sehr verzärtelt zu sein.

Seine Bewegungen wurden, selbst wenn er erregt war, durch eine gewisse Weichheit und durch eine einer eigenartigen Anmut nicht entbehrende Lässigkeit gemäßigt. Wenn eine Sorgenwolke aus seiner Seele über sein Gesicht dahinlief, so umflorte sich sein Blick; auf der Stirn erschienen Falten; Zweifel, Trauer und Besorgnis spielten auf seinem Gesichte; aber nur selten verdichtete sich diese Unruhe in Form einer bestimmten Idee, noch seltener verwandelte sie sich in einen Vorsatz. Die ganze Unruhe endete mit einem Seufzer und erstarb in Apathie oder in einem Zustande des Halbschlafs.

Oblomows häusliche Tracht stimmte vollkommen zu seinen ruhigen Gesichtszügen und zu seinem verzärtelten Körper. Er trug einen Schlafrock von persischem Stoffe, einen echt orientalischen Schlafrock, ohne die geringste Anlehnung an die europäische Mode, ohne Troddeln, ohne Samt, ohne Taille, von gewaltiger Weite, so dass Oblomow sich zweimal in ihn einwickeln konnte. Die Ärmel wurden nach der unveränderlichen asiatischen Mode von den Fingern bis zu den Schultern immer weiter. Obgleich dieser Schlafrock seine ursprüngliche Frische eingebüßt und stellenweise seinen anfänglichen natürlichen Glanz mit einem andern, ehrlich erworbenen vertauscht hatte, so bewahrte er doch noch die Lebhaftigkeit der orientalischen Farbe, und das dauerhafte Gewebe war noch unversehrt.

Dieser Schlafrock besaß in Oblomows Augen eine Unmenge unschätzbarer Vorzüge: er war weich und schmiegsam; der Körper fühlte ihn nicht an sich; er fügte sich wie ein gehorsamer Sklave der geringsten Bewegung des Körpers.

Oblomow ging zu Hause immer ohne Krawatte und ohne Weste; denn er liebte Bequemlichkeit und Behaglichkeit. Seine Pantoffeln waren lang, weich und weit; wenn er, ohne hinzusehen, die Beine vom Bette herunternahm und auf den Fußboden setzte, so fuhr er mit Sicherheit in beide Pantoffeln gleichzeitig hinein.

Das Liegen war bei Ilja Iljitsch weder etwas Notwendiges wie bei einem Kranken oder bei jemand, der schlafen will, noch auch etwas Zufälliges wie bei jemand, der müde geworden ist, noch auch etwas Genussreiches wie bei einem Faulpelz; sondern es war dies sein normaler Zustand. Wenn er zu Hause war (und er war fast immer zu Hause), so lag er stets; und zwar lag er beständig in ein und demselben Zimmer, in dem wir ihn gefunden haben, und das ihm als Schlafzimmer, Wohnzimmer und Salon diente. Er hatte noch drei andre Zimmer; aber in diese warf er nur selten einen Blick, höchstens des Morgens, und auch das nicht alle Tage, sondern nur, wenn sein Diener das Wohnzimmer ausfegte, was nicht täglich geschah. In jenen Zimmern steckten die Möbel in Überzügen, und die Rouleaus waren herabgelassen.

Das Zimmer, in dem Ilja Iljitsch lag, konnte auf den ersten Blick schön eingerichtet scheinen. Es standen dort ein Mahagoni-Schreibtisch, zwei mit Seidenstoff bezogene Sofas und ein hübscher Bettschirm mit gestickten, in der Natur nicht vorkommenden Vögeln und Früchten. Es waren dort seidene Vorhänge, Teppiche, einige Bilder, Bronzen, Porzellanfiguren und eine Menge netter Nippsachen.

Aber das erfahrene Auge eines Menschen mit reinem Geschmack hätte schon bei einem einzigen flüchtigen Blicke auf alles, was da war, erkannt, dass lediglich der Wunsch zugrunde lag, einigermaßen das Dekorum des unvermeidlichen Anstandes zu bewahren, sich irgendwie mit ihm abzufinden. Nur darauf war sicherlich Oblomows Tätigkeit gerichtet gewesen, als er sein Wohnzimmer einrichtete. Ein verfeinerter Geschmack hätte sich nicht mit diesen schweren, plumpen Mahagonistühlen und mit diesen wackeligen Etageren begnügt. An dem einen Sofa hatte sich die Rückenlehne gesenkt und das aufgeleimte Holz hatte sich stellenweise losgelöst. Ganz denselben Charakter trugen auch die Bilder und die Vasen und die Nippsachen.

Der Eigentümer selbst jedoch blickte auf die Einrichtung seines Wohnzimmers so kühl und zerstreut, als ob er mit den Augen fragen wollte: „Wer hat denn das alles hierher geschleppt und aufgestellt?" Infolge dieses kühlen Verhaltens Oblomows zu seinem Eigentume und vielleicht auch infolge des noch kühleren Verhaltens seines Dieners Sachar zu diesen selben Gegenständen befremdete denn auch der Anblick des Wohnzimmers einen jeden, der es genauer betrachtete, durch die darin herrschende Unordnung und Verwahrlosung.

An den Wänden und um die Bilder hingen, nach Art von Festons, ganz mit Staub bedeckte Spinnweben; statt die Gegenstände zu reflektieren, hätten die Spiegel eher als Tafeln dienen können, um auf ihnen im Staube Notizen zur Unterstützung des Gedächtnisses niederzuschreiben. Die Teppiche wiesen zahlreiche Flecke auf. Auf dem einen Sofa lag ein vergessenes Handtuch; es war eine Seltenheit, wenn morgens das Abendessen des vorhergehenden Tages vom Tische ordentlich abgeräumt war und nicht noch ein Teller mit einem Salzfässchen und einem abgenagten Knochen darauf stand und Brotkrumen umherlagen.

Wäre nicht dieser Teller dagewesen und die am Bette lehnende soeben ausgerauchte Pfeife und der im Bette liegende Hausherr selbst, so hätte man denken können, dass hier niemand wohne – so verstaubt, verblichen und überhaupt so ohne jede Spur der Anwesenheit eines menschlichen Wesens sah alles aus. Auf den Etageren lagen allerdings zwei oder drei aufgeschlagene Bücher, auch trieb sich da eine Zeitung umher, und auf dem Schreibtisch stand ein Tintenfass mit Federn; aber die Seiten, bei denen die Bücher aufgeschlagen waren, waren mit Staub bedeckt und vergilbt; die betreffende Zeitungsnummer stammte aus dem vorigen Jahre, und aus dem Tintenfass wäre, wenn man eine Feder hineingesteckt hätte, höchstens eine erschrockene Fliege herausgesummt.

Ilja Iljitsch war gegen seine Gewohnheit sehr früh aufgewacht, um acht Uhr. Es war da etwas, was ihn stark beunruhigte. Auf seinem Gesichte prägte sich abwechselnd bald Furcht, bald Verdruss und Ärger aus. Es war deutlich, dass in seinem Innern ein Kampf stattfand, und dass der Verstand dabei noch nicht zu Hilfe gekommen war.

Die Sache war die, dass Oblomow am vorhergehenden Tage von seinem Gute einen Brief seines Dorfschulzen erhalten hatte, einen Brief mit recht unangenehmem

Inhalt. Man weiß ja, was das für Unannehmlichkeiten sind, von denen so ein Dorfschulze schreiben kann: Missernte, rückständige Zahlungen, Verringerung der Einnahme und so weiter. Obgleich der Dorfschulze auch im vorigen und im vorvorigen Jahre seinem Herrn genau ebensolche Briefe geschrieben hatte, wirkte doch auch dieser letzte Brief so stark, wie eben jede unangenehme Überraschung wirkt.

Und es war ja auch eine schwere Aufgabe: Er musste über die Mittel zur Ergreifung irgendwelcher Maßregeln nachdenken. Übrigens muss man der Sorgfalt, die Ilja Iljitsch seinen geschäftlichen Angelegenheiten widmete, Gerechtigkeit widerfahren lassen. Er hatte schon aus Anlass des ersten unangenehmen Briefes, den er von dem Dorfschulzen vor einigen Jahren erhalten hatte, angefangen, im Geiste einen Plan zu verschiedenen Veränderungen und Verbesserungen in der Verwaltung seines Gutes zu entwerfen.

Bei diesem Plane hatte er die Einführung verschiedener neuer wirtschaftlicher, polizeilicher und anderer Maßregeln ins Auge gefasst. Aber der Plan war noch lange nicht ganz durchdacht; die unangenehmen Briefe des Dorfschulzen aber wiederholten sich alljährlich, trieben ihn zur Tätigkeit an und störten folglich seine Ruhe. Oblomow war sich der Notwendigkeit bewusst,

noch vor der abschließenden Ausarbeitung seines Planes etwas Entscheidendes ins Werk zu setzen.
Er hatte sich gleich nach dem Aufwachen vorgenommen aufzustehen, sich zu waschen und nach dem Teetrinken ordentlich nachzudenken, dies und das zu erwägen, sich Notizen zu machen und sich überhaupt mit dieser Angelegenheit so zu beschäftigen, wie es sich gehörte.
Etwa eine halbe Stunde lang lag er da und quälte sich mit diesem Vorsatze ab; dann aber sagte er sich, dass er auch noch nach dem Tee Zeit haben werde, dies zu tun, und dass er den Tee seiner Gewohnheit nach im Bette trinken könne, umso mehr, da die Denktätigkeit durch das Liegen nicht behindert werde.
So machte er es denn auch. Nach dem Tee hatte er sich schon halb von seinem Lager erhoben und war schon im Begriffe aufzustehen; er hatte sogar, mit einem Blicke nach seinen Pantoffeln, bereits angefangen, das eine Bein vom Bette zu ihnen herabsinken zu lassen; aber er zog es sofort wieder zurück.
Es schlug halb zehn; Ilja Iljitsch fuhr zusammen.
„Wahrhaftig, wie benehme ich mich denn?“, sagte er laut und ärgerlich. „Ich muss mich ja schämen: Es ist Zeit, dass ich mich an die Arbeit mache! Wenn man sich nur ein bisschen die Zügel lässt, so …“

Peter-T. Schulz

Ruhe!

Soeben ist Ruhe eingekehrt.

„Guten Tag, Ruhe!
Schön, dass du da bist!
Setz dich! –
Wir haben uns ja eine Ewigkeit
nicht mehr gesehen!
Wo warst du denn so lange?
Brauchtest mal Ruhe, was?!?
Hahaha!
Hahahahahahahaha!
Hey!
Wo gehst du denn hin??
Ruhe!
Ruhe!!!
Komm sofort zurück!!!!“

Eckart von Hirschhausen

Ausschlafen – Aufgeweckte, legt euch hin!

Warum ist die wache Zeit für uns so viel wichtiger als der Schlaf? Schlaf ist doch toll! Du kannst was träumen, musst aber nicht. Alle Welt schreit: „Wach auf, verwirkliche deine Träume!“ Mal ehrlich: Ich liebe es, zu träumen. Jedoch sind oft so absurde Sachen dabei, dass ich heilfroh bin, wenn sich das nicht alles verwirklicht.

Wir Deutschen stehen früher auf als die Finnen, Italiener und Spanier. Aber was haben wir davon? Die Finnen sind schlauer, die Italiener die besseren Währungshüter, und die Spanier vergolden sich ihre Siesta, weil wir ständig dorthin fahren – um endlich mal wieder auszuschlafen. Deutsche: Der Aufschwung beginnt im Bett! Unser Idol Albert Einstein schlief zehn Stunden – wie ein Stein. Wer länger liegt, kann besser überlegen. Schlafforscher nennen das die „entmüdende“ Funktion des Schlafes. Sinngemäß könnte man auch von der „entblödenden“ Funktion der Wissenschaft sprechen. Die Schlafwissenschaft sagt auch: Wir

machen einen riesigen Fehler, immer länger wach sein zu wollen.
Unser ständiges Schlafdefizit macht nachweislich dumm, dick, depressiv und infektanfällig. Die Katze schläft 14 Stunden, die Fliege 12, was gerade bei einer Eintagsfliege für klare Prioritäten spricht.
Warum sind Menschen insgeheim stolz, wenn sie mit knapp vier Stunden Schlaf aus der letzten Nacht irgendwie durch den Tag dümpeln? Vielleicht, weil es für uns als Kind eine Strafe war, ins Bett gehen zu müssen. Und nur aus Trotz strafen wir uns heute als Erwachsene selbst, indem wir NICHT ins Bett gehen.

„Schlafen kann ich noch, wenn ich tot bin“, sagen viele. Was für ein Quatsch. Der Schlaf ist der eigentliche Urzustand des Menschen. Die Forscher haben immer gerätselt, warum wir schlafen müssen – und bis heute keine gescheite Antwort gefunden. Kein Wunder, Thema verfehlt. Die Kernfrage ist: Wozu müssen wir überhaupt wach werden? Eigentlich dient der Wachzustand nur dazu, Energie zu sammeln, damit wir wieder in Ruhe schlafen können. Je schneller ein Tier Nahrung zusammenbringt, desto länger kann es schlafen. Nur wir Menschen bleiben weit darüber hinaus wach und halten das für schlau! Wir könnten 23,5 Stunden am Tag schlafen, heute, da wir in einer halben Stunde im Supermarkt genug Nahrung sammeln für ein ganzes Wochenende. Es gibt keinen Grund, sich über den Broterwerb hinaus ständig wach zu halten.
Diese Umtriebigkeit bringt Wirtschaft und Natur komplett durcheinander. Was gehört zu den teuersten Rohstoffen? Öl und Kaffee. Kein Wunder: Den Kaffee brauchen wir, um künstlich wach zu bleiben. Das Öl, weil wir es da wach nicht aushalten, wo wir sind, sondern uns immer noch schneller irgendwo anders hinbewegen wollen. Die Bilanz stimmt nicht mehr. Statt wach Energie zu sammeln, verpulvern wir sie, ruinieren uns und den Planeten.

Mensch, bleib, wo du bist, und rühr dich nicht! Wir fahren viele Kilometer mit dem Auto, um einen Big Mac im Drive-in zu essen, und schuldbewusst bestellen wir uns im kerosinfressenden Flugzeug kalorienreduzierte Diät-Cola. Das rettet die Energiebilanz auch nicht mehr. Selbst die körpereigenen Energie-, sprich Gewichtsprobleme lösen sich am besten im Schlaf. Wie die Bären einfach mal ein paar Wochen durchschlummern, und wenn du dann aus dem Winterschlaf erwachst, ist der Speck von ganz allein weg.

Wer schläft, sündigt NICHT! Langschläfer sind keine Penner, sondern Vorreiter. Wir müssen nicht früher aufstehen, um die Welt zu retten, wir müssen länger liegen bleiben! Augen zu und durch. Schlaf ist die größte Tat, die wir vollbringen können. Davor dürfen wir nicht länger die Augen verschließen! Gute Nacht!

Mascha Kaléko

Langschläfers Morgenlied

Der Wecker surrt. Das alberne Geknatter
Reißt mir das schönste Stück des Traums entzwei.
Ein fleißig Radio übt schon sein Geschnatter.
Pitt äußert, daß es Zeit zum Aufstehn sei.

Mir ist vor Frühaufstehern immer bange.
... Das können keine wackern Männer sein:
Ein guter Mensch schläft meistens gern und lange.
– Ich bild mir diesbezüglich etwas ein ...

Das mit der goldgeschmückten Morgenstunde
Hat sicher nur das Lesebuch erdacht.
Ich ruhe sanft. – Aus einem kühlen Grunde:
Ich hab mir niemals was aus Gold gemacht.

Der Wecker surrt. Pitt malt in düstern Sätzen
Der Faulheit Wirkung auf den Lebenslauf.
Durchs Fenster hört man schon die Autos hetzen.
– Ein warmes Bett ist nicht zu unterschätzen.
... Und dennoch steht man alle Morgen auf.

Dietmar Bittrich

Glückliches Erwachen

Während der Arbeit an diesem Buch habe ich die verschiedensten Einschlafrezepte ausprobiert. Nicht alle. Nachts Tretboot zu fahren oder bergauf zu radeln wie der Komödiant Wigald Boning, kam mir zu aufwendig vor. Mit der New Yorker Subway zu pendeln, wie es der Autor Tom Wolfe vorschlug, hätte eine längere Reise erfordert; in meiner Stadt pausiert die U-Bahn nachts. Auch liegt es mir nicht, Adelswappen heraldisch exakt abzuzeichnen, wie es Theodor Fontane in schlaflosen Stunden tat. Aus Mangel an Material konnte ich überdies keine Sammlung von Ritterhelmen ordnen wie Sean Connery oder auch nur eine Kollektion gekrümmter und verwachsener Streichhölzer, denen der Bildhauer Richard Serra manche wache Stunde widmet, bis sich die Müdigkeit einstellt.

Aber ich konnte mich ins dunkle Treppenhaus setzen, wie es der französische Sonderling Georges Perec empfohlen hat: dem Rauschen und Gurgeln der Wasserleitungen lauschen, dem Seufzen und Schnarchen der Hausbewohner, gelegentlich auch ihrem Stöhnen. Es

war langweiliger als erwartet, ermüdend nicht. Ich habe versucht, paradoxe Koans zu lösen, wozu der ironische Zen-Zögling Janwillem van de Wetering riet; wenn man nicht dabei einschlafe, werde man wenigstens erleuchtet. Weder das eine noch das andere traf bei mir ein.
Es gibt einfach unterschiedliche Typen, für die unterschiedliche Rezepte taugen. Goya z.B., von Knackgeräuschen und Brausen in seinen Ohren wach gehalten, bemalte sein Zimmer mit imaginären Farben. Von der Matratze aus schuf er betörende Wand- und Deckenbemalungen, die leider nie jemand zu Gesicht bekam; sie blieben nun mal imaginär. Sobald die letzte Stuckrosette eingefärbt und der letzte Winkel gestrichen waren, schlief er ein.
Der schwarzhumorige Roland Topor nannte eine Mappe mit Todesanzeigen sein eigen, die Freunde stets mit neuem Material versorgten. Bei nervöser Unruhe, von der dieser Künstler häufig befallen wurde, widmete er sich der Lektüre. Es versöhnte ihn mit der Welt und sich selbst, dass so viele Leute vor ihm ins Jenseits gewechselt waren. Nach wenigen Seiten war er besänftigt und schlummerte.
Andere sind besser beraten, wenn sie aufstehen, ein bisschen herumwandern oder Qi-Gong-Übungen machen. Vor allem jene Charaktere, die nach einiger

Zeit des Wachliegens wütend werden, bauen ihren Überschuss an Wachheit ab, indem sie sich bewegen: Holzscheite aufschichten wie Thomas Bernhard, Gläser wienern wie Agatha Christie, alte Kleider aussortieren wie Katherine Hepburn oder längst fällige Briefe schreiben, wie es die Romanzenautorin Rosamunde Pilcher tat und vielleicht immer noch tut.

Wer zu Furchtsamkeit neigt, betrachtet ein Ahnenalbum, falls noch vorhanden. Das gehört zu den Lieblingsbeschäftigungen der Harry-Potter-Schauspielerin Emma Watson, die mit wohligem Schaudern eine Hexe unter ihren Vorfahren entdeckte. „Das Vergangene beruhigt", fand Emma gleichwohl. Das trifft zu, jedenfalls auf alte Bilder und auf jene Bände, die eine Stadt oder Provinz auf alten Fotos oder Ansichtskarten zeigen. Sir Geoff Hurst, geadelter britischer Fußballer, sieht sich nachts Aufzeichnungen alter Spiele an, sonderbarerweise nicht Fußball, sondern Cricket: „Nichts sediert so wie Cricket."

Leider wird diese Sportart bei uns nicht gezeigt. Doch Fernsehen schläfert von sich aus bereits viele Zuschauer ein, oft unabhängig von der Sendung; Physiker erklären es mit der Bildsequenz. Sicherheitshalber haben die öffentlich-rechtlichen Anstalten obendrein echte Bettbeschwerer ins Nachtprogramm genommen. Besonders empfehlenswert ist der freundlich nuschelnde Live-Maler Bob Ross; nach Umfragen schafft es kaum ein Zuschauer bis ans Ende einer 25-Minuten-Folge. Vergleichbare Resultate erzeugen nur die nachts ausgestrahlten Aufzeichnungen von Bahnfahrten und der unablässig wiederholte Klosterfilm *Die große Stille*. Das ist indes nichts für Leute, die bei Schlaflosigkeit zu düsterer Stimmung neigen. Ihre Melancholie würde sich nur verstärken. Sie müssen aktiv werden und sollten zumindest, wie die Kinderbuchautorin Enid Blyton, ein einfaches Puzzle legen. Oder, nun wird es anspruchsvoller, eine Collage basteln, wie der nachts von unbe-

greiflicher Trauer heimgesuchte Künstler Max Ernst. Oder sie müssen, da sie als melancholische Typen zur Eitelkeit neigen, in den Spiegel sehen. Nicht nur mal so eben im Vorbeischlendern. Sondern richtig lange.
Zwei dem Stil nach verwandte Maler taten das unabhängig voneinander: Fernand Khnopff und Max Klinger. Sie blickten sich auf diese Weise selbst unverwandt in die Augen, bei Kerzenlicht. Nüchtern betrachtet, handelte es sich um eine frühe Form des autogenen Trainings, jedenfalls um eine Art Selbsthypnose, die in Schlaf und kreativen Träumen endete. Klinger berief sich auf Rembrandt; der habe das auch getan. Am Morgen nach solch narzisstischer Nacht begaben sich die Meister jedenfalls inspiriert an die Staffelei und schufen nicht selten ein Selbstportrait.
„Der Schlaf von Genies hat selbst etwas Geniales", hat Woody Allen erklärt. Er spielte nicht nur auf die Unregelmäßigkeit an, auf die krausen Gewohnheiten und die Störanfälligkeit, sondern auch auf die Fülle von Gedanken und Einfällen im Dämmerzustand. Er selbst bevorzugte es eine Zeit lang, der Wachheit durch die Betrachtung koreanischer Schriftzeichen abzuhelfen. Er konnte kein Koreanisch. Doch gerade das scheinbar Nichtssagende brachte ihn – entweder auf Ideen oder zum Schlafen.

Als man bei Galileo Galilei die Bücher des Alten Testaments im originalen Wortlaut fand, nämlich auf Hebräisch, war man von der Frömmigkeit des Naturwissenschaftlers beeindruckt. Jedoch nur kurz. Es stellte sich heraus, dass er kaum drei Worte Hebräisch beherrschte. Gleichwohl hatte er sich den Schriften, so schworen seine Schüler, immer wieder an langen Abenden gewidmet. Wohl wahr. Aber eben nicht, um die Bedeutung zu erfassen, sondern um jenseits aller Bedeutung müde zu werden.

Das nennt man meditative Lektüre. Wer noch nicht ganz so fortgeschritten ist wie Woody Allen oder Galilei, wird vielleicht einen Rest von Bedeutung vorziehen. Ich empfehle die deutsche Literatur, vor allem des neunzehnten Jahrhunderts. Nicht nur verfügt sie über herrlich lange einschläfernde Sätze. Sie ist auch voller beschaulicher Schilderungen, vergleichbar den Landschaften alter Meister, die Picasso betrachtete. Ich habe die einlullendsten Texte der großen Meister zusammengestellt, zu einem Buch, das ich hier vollkommen uneigennützig empfehle. Es heißt *Gute Nacht – mit deutscher Dichtung in den Tiefschlaf*

Wenn Sie also noch einen Rest Wachheit haben – aber, oh, ich merke, Sie schlafen ja schon. Hallo? Heh? Sie da? Na, denn. Glückliches Erwachen!

Hans Stempel & Martin Ripkens

Der Wecker ist tot

Er ist kaputt! Er ist kaputt!
Er ist die Treppe hinuntergerollt.
Zuerst hat er tüchtig gelärmt und getollt.
Ab Stufe siebzehn hat er gegrollt.
Im Erdgeschoss hat er nur noch geschmollt
und sich auf den Hinterhof getrollt
und nie mehr richtig klingeln gewollt.
Jetzt kann ich lange schlafen!

Kurt Tucholsky

Das Stundenkonto

Vor Monaten bin ich einmal mit der Puff-Puff-Bahn von Paris nach Berlin gefahren, denn ich wollte meinem Verleger ins treue Auge sehn ... („Sie werden auch nie lernen, ein Feuilleton richtig anzufangen. Das fängt man gefälligst so an: »Das Flugzeug surrte über Le Bourget ab, das gute, alte Paris tief unter sich lassend ...« “) Ja, also ich fuhr mit der Bahn.

An der belgischen Grenze stimmte irgendetwas mit den Uhren nicht; mein mangelhafter mathematischer Verstand lässt es niemals zu, zu verstehen, was da eigentlich vor sich geht; einigen wir uns auf: mitteleuropäische Zeit in Idealkonkurrenz mit der Sommerzeit. Kurz und gut: Die Uhren wiesen auf einmal eine Differenz von sechzig Minuten auf. Statt Viertel eins war es plötzlich Viertel zwei. Das ließ einen der Reisegefährten nicht ruhn. Er wandte sich an den belgischen Zugbeamten.

„Wir haben eine Stunde gewonnen, nicht wahr –?“, sagte er. „Nein“, sagte der Mann. „Sie haben eine Stunde verloren.“ – „Nein, gewonnen!“, rief der Reisegefährte. „Nein, verloren!“, rief der Schaffner. Es war wunderschön. Der Gefährte fing an, die Astronomie, etwas Regeldetrie und eine Prise Einstein in einem Topf zu rühren, den er triumphierend dem Schaffner präsentierte. „Wir haben also eine Stunde gewonnen", sagte er, „wir kommen eine Stunde früher an –!" Es hätte nicht viel gefehlt, und er hatte die Hände vor dem Mund bewegt, wie es die Zirkuskünstler machen, wenn ihnen ein besonders schöner Salto gelungen ist ... Der Schaffner nahm den Topf nicht an. Er sagte vielmehr etwas ganz Überraschendes.

„Sie haben eine Stunde verloren!", sagte er. „Denn Sie haben eine Stunde weniger zu leben." Nie, niemals ist mir der Unterschied der beiden Länder so stark aufgegangen wie in diesem Augenblick.

Wir Deutschen wollen immerzu ankommen, am liebsten gestern, wir möchten es ganz eilig haben, und wenn es schneller, noch schneller, am allerschnellsten geht, dann bilden wir uns ein, etwas gewonnen zu haben. Der Franzose will leben. Dieser Schaffner trug eine belgische Uniform, aber es war etwas durchaus Französisches, was er da gesagt hatte. Der Franzose will leben.

Und er lebt auch, als ob er tausend Jahre zu leben hätte. Verabrede dich am zweiten des Monats mit einem Pariser; es ist nicht ausgeschlossen, dass er dir eine Zusammenkunft für den achtundzwanzigsten vorschlägt.

Frankreich ist so schön weit weg von Amerika ... Am achtundzwanzigsten kommt er dann auch angewackelt, er hat es nicht vergessen. Alles, alles kannst du in Paris – aber etwas an einem einzigen Vormittag erledigen: das mach mir mal vor. Du hast gar keine Zeit, und der Franzose hat viel zu viel, und so kommt ihr schwer zusammen.

Natürlich hat auch der Schaffner einen Denkfehler gemacht; denn in Wahrheit ändert der vorgestellte Zeiger nichts an der Dauer unseres Lebens; aber so denken sie hier. Ich weiß nicht, ob man damit „vorankommt"; ich kann auch nicht beurteilen, ob man so gute Geschäfte macht, ob das Land auf diese Weise konkurrenzfähig bleiben wird, bis in alle Ewigkeit... das weiß ich alles nicht. Ich weiß nur, dass die Franzosen erst einmal leben wollen, und dem hat sich alles andere unterzuordnen. Einmal hatte es ein Deutscher sehr eilig in Paris, als er bei Tisch saß, und er sagte das auch dem Kellner ... Darauf jener: „Wenn Sie keine Zeit haben, dann müssen Sie nicht frühstücken –!" Das ist eine Lebensweisheit.

Die Franzosen bummeln nicht, sie sind nicht säumig, noch weniger etwa faul, wie schlechte Lesebücher das deutschen Kindern manchmal einreden wollen. Ihr Lebensrhythmus, ihr Arbeitstakt ist ein anderer, und wenn man mit ihnen fertigwerden will, so muss man

sich diesem andersgearteten Takt eben anpassen. Was für uns nicht immer einfach ist …
Ich will gar nicht einmal vom Pariser Telefon erzählen, einer Maschine, die die Franzosen selbst nicht ernst nehmen, sonst funktionierte sie. Sie funktioniert aber nicht, und man tut gut, in eiligen Fällen zu dem Anzutelefonierenden hinzufahren; man wird Zeit sparen, Nerven und Kraft. Es liegt eine fast orientalische Ruhe im französischen Gehaben, die von der schnellen Sprache und einer fast unmerklich nervösen Atmosphäre sonderbar absticht. Und nichts bringt den Franzosen so durcheinander wie einer, der etwa ununterbrochen mitteilen wollte, wie eilig er sei, wie wenig Zeit er habe, wie schnell das alles erledigt sein müsse … Er wird auf Granit beißen. Er wird den französischen Charakter voll erkennen, der, bei aller Beweglichkeit, unglaublich störrisch sein kann, von einem Eigensinn, der ganzen Planeten standhält … Da wird nichts zu machen sein. Mit schweren Säbeln ist hier gar nichts auszurichten. Man fechte Florett.
Das Allermerkwürdigste ist, dass der Drang, das eigene Leben voll zu Ende zu leben, sogar den Erwerbstrieb überwiegt: erst das Leben, dann das Geschäft. Und es ist ungemein bezeichnend für die Lebensauffassung der Franzosen, dass sie in prekären Lagen vorzie-

hen, weniger auszugeben, also zu sparen, als mehr zu verdienen. Mit dem Klischee „Es ist eben ein Rentnervolk" kommt man der Sache nicht näher – denn Rentner arbeiten nicht so viel, wie es hier Frauen und Männer allenthalben tun.

Dazu kommt, dass die neue junge Generation denn doch wesentlich anders aussieht – sie ist flinker, schneller, tangogescheitelter, autohafter, anders. Und doch französisch. Es ist – unübersetzbar –: „un peuple débrouillard", ein Volk, das die Sache „schon schmeißt", das sich herausfindet und herauswindet; das, scheinbar planlos, bis hart an den Rand des Abgrunds rollt und dann – im allerletzten Augenblick – eines jener Wunder vollbringt, von denen die französische Geschichte voll ist. So haben sie ein sauber geführtes Stundenkonto, anders als das unsere – und auf der Aktivseite steht ein Posten, der alle, alle andern überstrahlt: das Leben.

Paul Scheerbart

Die gebratene Ameise

Bei den fleißigen Ameisen herrscht eine sonderbare Sitte: Die Ameise, die in acht Tagen am meisten gearbeitet hat, wird am neunten Tage feierlich gebraten und von den Ameisen ihres Stammes gemeinschaftlich verspeist. Die Ameisen glauben, dass durch dieses Gericht der Arbeitsgeist der Fleißigsten auf die Essenden übergehe. Und es ist für eine Ameise eine ganz außerordentliche Ehre, feierlich am neunten Tage gebraten und verspeist zu werden. Aber trotzdem ist es einmal vorgekommen, dass eine der fleißigsten Ameisen kurz vorm gebraten Werden noch folgende kleine Rede hielt:

„Meine lieben Brüder und Schwestern! Es ist mir ja ungemein angenehm, dass Ihr mich so ehren wollt! Ich muss Euch aber gestehen, dass es mir noch angenehmer sein würde, wenn ich nicht die Fleißigste gewesen wäre. Man lebt doch nicht bloß, um sich totzuschuften!"

„Wozu denn?", schrien die Ameisen ihres Stammes – und sie schmissen die große Rednerin schnell in die Bratpfanne – sonst hätte dieses dumme Tier noch mehr geredet.

Gerhard Polt & Hanns Christian Müller

Der zuständige Mann

Lothar Fürst sitzt in seiner Pförtnerloge. Frau Wehrmann betritt den Amtsvorraum.

HERR FÜRST Zu wem wollen Sie?

FRAU WEHRMANN Jja, i brauch a Bestätigung vom Wasserwirtschaftsamt. I war schon amal da, des is so a Klärgruam, ich hab da gsprochen mit einem Herrn Schätzle oder so ähnlich.

HERR FÜRST Der Herr Schätzle ist zu Tisch.

FRAU WEHRMANN Ja, aber mir is gsagt worn bis 12 Uhr is Parteienverkehr.

HERR FÜRST Ja, schon möglich, aber ab 11 Uhr haben wir Mittagstisch.

FRAU WEHRMANN Aber, is da sonst kein Zuständiger da?

HERR FÜRST Mei, gnä Frau, mir ham hier gleitende Arbeitszeit. Schaun S' mich an, ich war schon beim Essen, da ham S' a Glück ghabt, sonst waar netamal ich da, wie gsagt, ab 11 Uhr is hier Mittagstisch. Und zwar bis 14 Uhr.

FRAU WEHRMANN Ja, aber ich komme jedesmal extra von Aschheim rein in die Stadt, ich hab ja vorher angerufen, man hat mir gsagt, bis 12 Uhr Parteienverkehr.

HERR FÜRST Im Prinzip ja, bis 12 Uhr is Parteienverkehr, aber ab 11 Uhr is Mittag.

FRAU WEHRMANN Ja aber ich komm doch nicht extra, ja, des is doch, es is, ja aber, des geht doch garnet, es muss doch hier irgendjemand zuständig sein.

HERR FÜRST Ja, zuständig san viele hier, aber de san jetz net da.

FRAU WEHRMANN Sie, des is fei allerhand, entschuldigen S', da muss doch jemand zuständig sein.

HERR FÜRST Gut, wenn S' moana … *Wählt eine Nummer.*

Herr Krüger, ein Beamter, geht vorbei.

HERR FÜRST Mahlzeit, Herr Krüger.

HERR KRÜGER Mahlzeit. Was gibts n heut?

HERR FÜRST Sauerbraten.

HERR KRÜGER Ahja. *Ab.*

HERR FÜRST Da, der Herr Krüger, der wär auch für Sie zuständig gwesen.

FRAU WEHRMANN Aber warum ham S' an dann bitte nicht aufgehalten?

HERR FÜRST Sie ham doch grad gseng, dass er zum Essen geht. *Ins Telefon* Jaa, grüß Gott Herr Deutelmoser, Fürst vom Empfang am Apparat, Sie, Herr Deutelmoser, da is eine Dame wegen irgendsoaner Wwwawa ...

FRAU WEHRMANN Wegen Wasserwirtschaftsamt, Klärgrube.

HERR FÜRST Wega, äh, irgendso a Wasserwirtschaftssache, gell, des is am Schätzle oder am Krüger, jaja, jaaja haha, jaja Sie ham da nix ... *Zu Frau Wehrmann* Er hat damit nix zum dua, aber Sie können ja selber ... *Ins Telefon* Moment ... *Überreicht Frau Wehrmann den Hörer.*

FRAU WEHRMANN Ja, guten Tag, Wehrmann, ich war bereits zwei Mal hier, äh und wollte äh, einen Herrn Schätzle sprechen. Jedesmal war Ihr Herr Schätzle im Urlaub, das andere Mal in Kur, heute is er beim Essen, und nachmittags is er nicht zu sprechen. Ja, aber ich komm ja jedesmal von Aschheim hier rein in die Stadt, ich weiß also nicht, wie oft ich hier noch wegen so einer Bagatelle äh hier äh nachfragen soll. – Äh, das ist mir ganz egal, jaja, nein nein, ich geh erst wieder, wenn ich den zuständigen Herrn gesprochen habe. Das ist mir ganz egal! *Knallt den Hörer ein.*

Ein Subjekt betritt den Raum und bleibt stehen.

SUBJEKT Guten Tag …

HERR FÜRST Gell, i hobs Eahna glei gsagt.

FRAU WEHRMANN Das is mir jetz egal. Ich bleibe hier so lange, bis ich hier überhaupt jemand erwische, der hier zuständig ist.

HERR FÜRST Da können S' lang warten. Der Herr Schätzle is beim Essen, und der Herr Krüger is grad zu Tisch, des ham S' selber gsehn, und der Herr Deutelmoser is net zuständig.

FRAU WEHRMAN Ja, dann warte ich eben, bis dieser Herr Krüger zurückkommt.

HERR FÜRST Des wird Eahna aber heit nimmer vui helfa, weil wenn er zruck is, is kein Parteienverkehr mehr. Da müssen S' halt morgen zwischen 8 Uhr 30 und 12 Uhr wieder vorbei schaun. Da is Parteienverkehr.

FRAU WEHRMANN Ja aber jetz is es doch noch garnet 12 Uhr!!

HERR FÜRST Ja schon, aber mir ham gleitende Mittagszeit. *Zum Subjekt* Was wolln Sie?

FRAU WEHRMANN Das ist, das ist, also sowas, also das ist, das ist, also wirklich, also ich weiß nicht …

HERR FÜRST Wiederschaun, gnä Frau. *Zum Subjekt* Also, was wolln Sie?

SUBJEKT Ja, ich hätte gern …

HERR FÜRST Genga S' amal her.

SUBJEKT Ich hätte gern ein Antragsformular wegen einer Dachstuhlerneuerung.

HERR FÜRST Genga S' amal her, können S' lesen?

SUBJEKT Ja, wieso?

HERR FÜRST Gut, dann schaun S' amal. *Deutet auf eine Uhr, die Uhr schnappt von 1 Minute vor 12 auf Punkt 12 Uhr.* Da schaun S' her, und des stimmt, kennan S' vergleichen. *Zeigt seine Digitalarmbanduhr, Subjekt schaut auf seine Uhr.* Also, wiederschaun.

Wladimir Kaminer

Service-Mentalität

In dem berühmtesten russischen Theaterstück *Verstand schafft Leiden* von Gribojedow, das noch heute in allen Schulen meiner Heimat als scharfe „Kritik an den verruchten Sitten der Monarchie" geschätzt und gelehrt wird, sagt der Held einen Satz, der zu einem Sprichwort geworden ist. Als ein alter General ihn kritisiert: „Sie haben doch überhaupt nichts zu tun und meckern nur ständig herum – warum gehen Sie nicht und dienen dem Staat?", antwortet Tschatskij: „Zu dienen wäre ich froh, aber bedienen kotzt mich an."

Mit diesem Satz ist auch meine Generation groß geworden. Alle Jungs wollten Kosmonauten, die Mädchen Ballerinas werden. Mit dem Fall des Sozialismus landeten wir aber auf dem freien Markt, wo ganz andere Berufe gefragt sind. Es gab nicht genug Raumschiffe und Tanzbühnen, dafür aber ganz viel Platz im Dienstleistungsbereich. Also wurden die meisten verhinderten Kosmonauten und Ballerinas Friseure, Kassierer oder Verkäufer hinter Ladentresen. Sie haben inzwischen gelernt, wie man Haare schneidet und Geld zählt, aber bedienen wollen sie trotzdem nicht. Ähnliches gilt für das wiedervereinigte Deutschland. Die Westdeutschen schimpfen oft und gerne auf die Ostdeutschen, wenn sie an der Ostsee Urlaub machen oder, noch schlimmer, im Osten einkaufen gehen. Bei sich zu Hause in Baden-Baden werden sie in jedem Laden von allen Seiten ausführlich bedient, und jeder Wunsch von ihnen wird als Befehl begriffen. Im Osten dagegen bekommen sie höchstens ein „Guten Tag“ oder „Ham wa nich!“ zu hören. „Diese sozialistische Mentalität!“, stöhnen die Kunden. „Das ist ja wie in Russland.“

Meine Landsleute sehen das anders. Sie schätzen das Service-Niveau des Ostens sehr hoch ein. Neulich hatte ich Besuch aus Moskau. Meine Cousine mit ihren Zwillingen wohnte bei uns und ging jeden Tag auf die Schönhauser Allee, um einzukaufen. Und immer wieder wunderte sie sich, wie nett und hilfsbereit die Verkäufer hier waren, vor allem geduldig, selbst dem hämischsten Konsumenten gegenüber.

„Stell dir mal vor“, erzählte meine Cousine mir, „gestern rebellierte ein Dicker in einem Jeansladen: ‚Wieso sind die Jeans so teuer, ich habe vor zehn Jahren genau dieselbe Hose zum halben Preis bekommen!‘ Also bei uns hätte er sofort eine in die Fresse gekriegt, aber die Verkäuferin hier lächelte ihn nur an und sagte gar nichts. Diese Dienstleister, die haben vielleicht eine Geduld."

Als ich das hörte, musste ich gleich an meine Mutter denken, die neulich in Moskau einkaufen gegangen war und eine Verkäuferin in einem Lebensmittelgeschäft gefragt hatte: „Können Sie mir nicht sagen, was auf dieser Dose steht, ich kann es nicht richtig lesen?"

„Dann kauf dir eine Brille", hatte die Verkäuferin zu ihr gesagt und weiter gelangweilt in ihrer Zeitung gelesen.

Meine Mutter war regelrecht begeistert von so viel Unverschämtheit, und weil so etwas in der Ex-DDR nicht mehr vorkommt, ist der Osten für die durchreisenden Russen Westen. Ich dagegen lebe permanent hier und weiß von daher, dass man auch auf der Schönhauser Allee ein gutes Stück meiner alten Heimat treffen kann. Zum Beispiel sagte einmal eine ältere Kassiererin in der großen Kaiser's-Filiale der Allee Arcaden zu ihrer jungen Kollegin: „Mach den Laden dicht, geh in die Mittagspause:" Die Schlange vor der Kasse war gut zwanzig Meter lang.

„Aber ich habe gerade so viele Kunden", meinte die Neue verzweifelt.

„Mach zu, Herr Kaiser wird sich für deine Mühe nicht bedanken", rief die ältere Kollegin laut und schaute über die Schlange hinweg Richtung Decke.

Das erinnerte mich sofort an eine Szene aus unserem Moskauer Supermarkt Kunzevo. Dort hatte die Kassiererin plötzlich böse über die Köpfe der Schlange stehenden Menschen geschaut und gerufen: „Wozu habe ich fünf Jahre lang Festigkeitslehre studiert?“ Alle schwiegen. Niemand wusste, wofür die Kassiererin fünf Jahre lang Festigkeitslehre studiert hatte. Viele wussten nicht einmal, was Festigkeitslehre überhaupt war. Es breitete sich eine bedrückende Stille in der Menge vor der Kasse aus. Die Kassiererin holte zweimal tief Luft und rief: „Wozu, frage ich euch. Hier wird jetzt nicht mehr bedient!“ – und ging.
„Wo will sie denn hin, was soll diese Schweinerei?“, regte sich ein Mann in der Schlange auf.
„Halt’s Maul, sie hat fünf Jahre Festigkeitslehre studiert“, sagten die anderen zu ihm. Sie hatten Mitleid mit der Kassiererin.
Die Sache mit der Service-Mentalität ist damit eigentlich klar. Der Verkäufer ist wie der Käufer. Ob in Moskau oder in Berlin, sie sind nicht irgendwie besonders reizbar oder menschenfeindlich, sie haben bestimmt ein großes Herz für Tiere, und viele lieben ihren Job tatsächlich. Nur oft haben sie einfach keine Lust. Und das ist eine echte Errungenschaft der alten Arbeiterbewegung.

Wilhelm Busch

Bestimmung

Ein Fuchs von flüchtiger Moral
und unbedenklich, wenn er stahl,
schlich sich bei Nacht zum Hühnerstalle
von einem namens Jochen Dralle,
der, weil die Mühe ihn verdross,
die Tür mal wieder nicht verschloss.
Er hat sich, wie er immer pflegt,
so, wie er war, zu Bett gelegt.
Er schlief und schnarchte auch bereits.
Frau Dralle, welche ihrerseits
noch wachte, denn sie hat die Grippe,
stieß Jochen an die kurze Rippe.
„Du“, rief sie flüsternd, „hör doch bloß,
im Hühnerstall da ist was los;
das ist der Fuchs, der alte Racker.“
Und schon ergriff sie kühn und wacker,
obgleich sie nur im Nachtgewand,
den Besen, der am Ofen stand;
indes der Jochen leise flucht
und erst mal Licht zu machen sucht.

Sie ging voran, er hinterdrein.
Es pfeift der Wind, die Hühner schrein.
„Nur zu“, mahnt Jochen, „sei nur dreist
und sag Bescheid, wenn er dich beißt.“
Umsonst sucht sich der Dieb zu drücken
vor Madam Dralles Geierblicken.
Sie schlägt ihm unaussprechlich schnelle
zwei-, dreimal an derselben Stelle
mit ihres Besens hartem Stiel
aufs Nasenbein. Das war zu viel. –
Ein jeder kriegt, ein jeder nimmt
in dieser Welt, was ihm bestimmt.
Der Fuchs, nachdem der Balg herab,
bekommt ein Armesündergrab.
Frau Dralle, weil sie leichtgesinnt
sich ausgesetzt dem Winterwind
zum Trotz der Selbsterhaltungspflicht,
kriegt zu der Grippe noch die Gicht.
Doch Jochen kriegte hocherfreut
infolge der Gelegenheit
von Pelzwerk eine warme Kappe
mit Vorder- und mit Hinterklappe.
Stets hieß es dann, wenn er sie trug:
Der ist es, der den Fuchs erschlug.

Sławomir Mrożek

Der achte Tag

Der Herrgott arbeitete sechs Tage und ruhte am siebenten. Der Mensch ist nicht der Herrgott, er wird schneller müde, also fand er, dass er den Sonnabend als Ruhetag verdiente.
Diese Entscheidung stieß auf keinen wesentlichen Widerspruch bei der höchsten Instanz.
„Wenn das mit dem Sonnabend gelungen ist, gelingt es vielleicht auch mit dem Freitag", dachte ich und richtete ein Gesuch dieses Inhalts an den Herrgott:
„Im Zusammenhang mit der Müdigkeit, die ich nach dem Montag, Dienstag, Mittwoch, Donnerstag und Freitag empfinde, bitte ich höflichst darum, mir auch den Freitag als freien Arbeitstag zuzugestehen. Homo sapiens."
Es gab keine Antwort, aber ich befand, dass mir der Freitag zugestanden war.
Jedoch blieb zwischen dem Mittwoch und dem Rest der Woche dieser fatale Donnerstag. Nichts ist so anstrengend wie die Arbeit am letzten Arbeitstag der Woche. Also schrieb ich, dieses Mal kühner:

„Der Mensch ist ein denkendes Schilfrohr (*Blaise Pascal 1623–1662*). Ich glaube, dass ich am Donnerstag auch nicht arbeiten muss.“
Jetzt hörte ich schon Mittwochmittag auf zu arbeiten.
Ja, aber dieser Mittwoch … Das Schweigen des Herrgotts machte mir Mut.
„Ich fordere die Liquidierung des Mittwochs als Arbeitstag. Prometheus.“
In der Angelegenheit des Dienstags rebellierte ich schon offen:
„Mensch – das klingt stolz (*Maxim Gorki 1868–1936*). Der Dienstag verunglimpft meine Würde. Ich lehne ihn kategorisch ab und höre am Montag auf.“

Es gab keine Antwort, so ging das mit dem Montag schon ganz leicht. Es genügte ein Telegramm.
„Montag ist ausgeschlossen."
Jetzt hatte ich sieben Tage in der Woche frei und war stolz auf meine Revolte (*L'homme révolté, Albert Camus 1913–1960*). Aber nach einer gewissen Zeit bemerkte ich, dass die Woche nur sieben Tage hat und dass ich deshalb mehr als sieben freie Tage in der Woche nicht haben kann. So eine Begrenzung meiner Freiheit schien mir unzulässig. Ich telegrafierte also an den Herrgott:
„Sofort den achten Tag erschaffen!"
Er hat nicht geantwortet, was mich endgültig davon überzeugte, dass Nietzsche recht hatte (*Friedrich Nietzsche 1844–1900*) und dass es den Herrgott nicht gibt. Aber wer ist in dem Fall schuld, dass die Woche nur sieben Tage hat und dass ich mehr als sieben freie Tage in der Woche nicht haben kann?
Ich nahm einen Stock und schlich mich auf die Treppe. Wenn der Nachbar vorbeikommt, zieh ich ihm eins über.
Irgendjemand muss ja schließlich schuld sein, dass ich zu kurz komme.

Ephraim Kishon

Nehmen Sie Platz

Wenn ein Neueinwanderer aus irgendwelchen technischen Gründen kein Arzt werden kann, dann empfiehlt sich als zweitbeste Lösung die Laufbahn eines Beamten im Staatsdienst. Das Gehalt eines israelischen Staatsbeamten ist nicht sehr hoch, aber seine Tätigkeit ermöglicht ihm häufige Teepausen mit anregenden Gesprächen, weshalb man ihn vielfach als Intellektuellen betrachtet.

Die auffälligste Eigenheit des israelischen Staatsbeamten besteht darin, dass er nicht vorhanden ist. Das heißt: Er ist vorhanden, aber nicht dort, wo er sein sollte. Also nicht in seinem Büro. Meistens befinden sich die israelischen Beamten in einer Besprechung. Es gibt mehrere tausend Vorwände für die Abhaltung von Besprechungen. Manche Besprechungen ziehen sich zwei bis drei Tage hin, andere dauern nur fünf bis sechs Stunden. So lange muss man eben warten. Warten wir also …

Eines heißen Sommertages schrieb mein Schwiegervater Bernhard – ein alter Zionist, der erst kurz zuvor nach Israel gekommen war – einen Empfehlungsbrief an die Wohnbaugenossenschaft „Amidar“ mit dem Ersuchen, ihm eine Wohnung zuzuweisen und ihm womöglich keinen höheren Preis zu berechnen als den üblichen.

Auf Wunsch meines Schwiegervaters ging ich selbst in das Zentralbüro der „Amidar“, um die Sache rasch zu erledigen. Man wies mich zum Zimmer Nr. 314, wo sich ein Herr namens Cheschwan meiner annehmen würde.

Zimmer Nr. 314 war leer. Im Nebenzimmer erfuhr ich, dass Herr Cheschwan gerade eine Besprechung mit Herrn Stern hätte, aber jeden Augenblick zurückkommen müsste. Ich wurde freundlich aufgefordert, solange Platz zu nehmen.

Ich nahm Platz. Ich saß eine Weile. Ich ging eine Weile auf und ab. Ich nahm abermals Platz. Dann öffnete sich die Tür. Ein Mann steckte seinen Kopf herein und fragte: „Wo ist Cheschwan?“

„Er ist in einer Besprechung mit Stern“, sagte ich. „Nehmen Sie Platz.“

Der Mann schien in Eile zu sein, denn er verschwand wortlos. Wenige Minuten später erschien ein anderer Mann, offensichtlich ein Beamter, und sah sich nervös im Zimmer um.

„Seien Sie nicht nervös“, beruhigte ich ihn. „Cheschwan ist in einer Besprechung mit Stern, aber er muss jeden Augenblick zurückkommen. Nehmen Sie Platz.“

„Keine Zeit. Wenn Cheschwan zurückkommt, bestellen Sie ihm bitte, dass Mayer ihn zu einer dringenden Besprechung erwartet. Er soll sofort kommen.“

„In Ordnung“, sagte ich.

Eine knappe Viertelstunde war vergangen, als wieder ein Beamter hereinkam und fragte: „Wo ist Kirschner?“

„Er war gerade hier“, antwortete ich. „Wenn Cheschwan von Stern zurückkommt, schicke ich ihn sofort hinüber. Nehmen Sie Platz.“

„Danke. Wissen Sie zufällig, ob er schon etwas wegen des Wohnungsbauprojektes Ramat Aron unternommen hat?“

„Das ist sehr wahrscheinlich“, sagte ich.

„Dann nehme ich die Mappe gleich mit. Wenn er nach Feintuch fragt, sagen Sie ihm, dass ich eine Besprechung mit Mayer habe.“

Einige Sekunden später stand Kirschner atemlos vor mir:

„Wo ist die Mappe Ramat Aron? Der Alte wird tob süchtig, wenn sie sich nicht sofort findet!“

„Um Himmels willen!“, rief ich. „Vor einer Minute hat Feintuch die Mappe zum Alten mitgenommen!“

„Und wo ist Cheschwan?“
„Er konferiert noch immer mit Stern. Ich warte hier auf ihn.“
„Gut“, meinte Kirschner. „Wenn das so ist, dann geben Sie doch bitte den Goldberg-Plan in die Givath-Seren-Mappe!“
„Mit Vergnügen“, sagte ich, übernahm die Papiere, suchte in den Regalen die Mappe Givath Seren heraus und gab den Goldberg-Plan hinein. Kaum war das erledigt, als Feintuch ins Zimmer stürzte: „Was machen Sie denn hier?!“, stieß ich unbeherrscht hervor, denn jetzt verlor ich langsam die Geduld. „Warum sind Sie noch nicht in der Besprechung? Wo der Alte ohnehin so schlecht gelaunt ist! Haben Sie gerne Krach?“
„Ich bin ja schon unterwegs. Ich wollte mir nur den Goldberg-Plan abholen.“
„Wozu brauchen Sie gerade jetzt den Goldberg-Plan, Feintuch? Ich habe ihn eben erst in die Givath-Seren-Mappe gegeben. Soll ich ihn vielleicht wieder hervorkramen? Das ist doch unglaublich! Alle nützen mich aus. Und ich Idiot lasse mich von allen ausnützen.“
Feintuch war sichtlich verwirrt.
„Ich wollte den Goldberg-Plan ja nur für Mayer haben“, stotterte er entschuldigend. „Was halten Sie übrigens von dem Plan?“

„Nicht schlecht. Aber ich wüsste gern, was der Alte dazu sagt.“

Feintuch nahm den Plan an sich, um ihn an Mayer weiterzugeben. Bevor er ging, sagte er mir noch, dass der Alte es sehr gerne sähe, wenn ich die Liste der präsumtiven Mieter des Wohnbauprojektes Shekem durchginge und für Stern einen Bericht darüber schriebe.

Ich machte mich sofort an die Arbeit.

Während ich die Liste noch überprüfte, erschien Feintuch: ich möchte sofort zu Mayer kommen. „Als ob ich vier Paar Hände hätte, wie?“, bemerkte ich mit wohlbegründetem Tadel, raffte die Akten zusammen und ging zum Alten. Mayer wollte meine Meinung über die architektonischen Qualitäten des Projektes Ramat Aron hören. Ich erklärte ihm offen, dass die Häuser zu nahe beieinander stünden und die Fenster zu klein wären. Kirschner begann zu stammeln. „Immer dasselbe“, sagte er. „Um so schlimmer“, gab ich scharf zurück. Und das sei nur ein weiterer Beweis dafür, dass es so nicht weitergehen könne.

Der Alte gab mir hundertprozentig recht, versetzte Kirschner in eine andere Abteilung (der wird mich jetzt mit seinem Hass verfolgen, dachte ich) und erteilte mir den Auftrag, das Ramat-Aron-Projekt zu übernehmen. Ich schickte sofort nach Feintuch und verlangte einen

genauen Bericht innerhalb vierundzwanzig Stunden. Dann bestellte ich einen Wagen, fuhr nach Ramat Aron hinaus, hatte ein ausführliches Gespräch mit dem Architekten, prüfte die Pläne, nahm ein paar kleinere Verbesserungen vor und entließ einen aufmuckenden Ingenieur ohne Abfertigungsgelder. Dann fuhr ich in mein Büro zurück.
Dort erwartete man mich bereits in großer Erregung. Kirschner, der mir meinen meteorhaften Aufstieg neidete, hatte hinterrücks eine Flüsterkampagne gegen mich begonnen. Er wurde leichenblass, als Feintuch auf mich zukam und mir mitteilte, dass Stern persönlich mich zu einer dringenden Besprechung erwarte.
Ich erstattete Stern einen detaillierten, vertraulichen Bericht über den derzeitigen Stand des Projektes und sparte nicht mit kritischen Bemerkungen über das langsame Arbeitstempo.
„Aber Sie müssen einsehen, Stern", sagte ich abschließend, „dass ich ohne die entsprechende Autorität keine Verantwortung übernehmen kann."
Stern sah das ein, berief sofort eine außerordentliche Sitzung des Exekutivkomitees ein und gab den Mitgliedern seines Stabes bekannt, dass er mich zu seinem Vertreter ernannt hatte. Mayer versuchte, ein paar schäbige Andeutungen über meine relativ kurze Dienstzeit

anzubringen, aber Stern war an diese Intrigen gegen mich bereits gewöhnt, drückte mir zum Abschied demonstrativ die Hand und sprach mir, für alle hörbar, sein Vertrauen aus.
Als ich in mein Büro kam, um noch rasch einmal die Akten Givath Seren vorzunehmen, begegnete ich einem neuen Mann. Mayer stellte ihn mir vor. Es war Herr Cheschwan, den ich sofort mit einer wichtigen Aufgabe in der Registratur betraute.
„Ich bin gewiss kein Unhold“, sagte ich ihm, „aber ich verlange pünktliche und gewissenhafte Arbeit. Ganz besonderen Wert lege ich darauf, dass mein Stab während der Bürostunden, also während das Publikum Zutritt zu den Amtsräumen hat, an keinen Besprechungen teilnimmt. Es könnten sonst die merkwürdigsten Situationen entstehen.“
Nachdem ich meinem Schwiegervater einen kompletten Wohnblock in Ramat Gan zugewiesen und einen kleinen Vorschuss auf mein Gehalt abgehoben hatte, machte ich Feierabend.
Seit diesem Tage arbeite ich im Zentralbüro der „Amidar“. Sprechstunden täglich von 11 bis 1, Zimmer 314. Wenn Sie mich in meinem Zimmer nicht vorfinden, dann bin ich gerade in einer Besprechung.
Nehmen Sie Platz.

Joachim Ringelnatz

Die Ameisen

In Hamburg lebten zwei Ameisen,
die wollten nach Australien reisen.
Bei Altona auf der Chaussee
da taten ihnen die Beine weh,
und da verzichteten sie weise
dann auf den letzten Rest der Reise.
So will man oft und kann doch nicht
und leistet dann recht gern Verzicht.

Heinrich Böll

Es wird etwas geschehen

Eine handlungsstarke Geschichte

Zu den merkwürdigsten Abschnitten meines Lebens gehört wohl der, den ich als Angestellter in Alfred Wunsiedels Fabrik zubrachte. Von Natur bin ich mehr dem Nachdenken und dem Nichtstun zugeneigt als der Arbeit, doch hin und wieder zwingen mich anhaltende finanzielle Schwierigkeiten – denn Nachdenken bringt so wenig ein wie Nichtstun –, eine so genannte Stelle anzunehmen. Wieder einmal auf einem solchen Tiefpunkt angekommen, vertraute ich mich der Arbeitsvermittlung an und wurde mit sieben anderen Leidensgenossen in Wunsiedels Fabrik geschickt, wo wir einer Eignungsprüfung unterzogen werden sollten.
Schon der Anblick der Fabrik machte mich mißtrauisch: die Fabrik war ganz aus Glasziegeln gebaut, und meine Abneigung gegen helle Gebäude und helle Räume ist so stark wie meine Abneigung gegen die Arbeit.
Noch mißtrauischer wurde ich, als uns in der hellen, fröhlich ausgemalten Kantine gleich ein Frühstück serviert wurde: hübsche Kellnerinnen brachten uns Eier,

Kaffee und Toaste, in geschmackvollen Karaffen stand Orangensaft; Goldfische drückten ihre blasierten Gesichter gegen die Wände hellgrüner Aquarien. Die Kellnerinnen waren so fröhlich, daß sie vor Fröhlichkeit fast zu platzen schienen. Nur starke Willensanstrengung – so schien mir – hielt sie davon zurück, dauernd zu trällern. Sie waren mit ungesungenen Liedern so angefüllt wie Hühner mit ungelegten Eiern. Ich ahnte gleich, was meine Leidensgenossen nicht zu ahnen schienen: daß auch dieses Frühstück zur Prüfung gehöre; und so kaute ich hingebungsvoll, mit dem vollen Bewußtsein eines Menschen, der genau weiß, daß er seinem Körper wertvolle Stoffe zuführt. Ich tat etwas, wozu mich normalerweise keine Macht dieser Welt bringen würde: ich trank auf den nüchternen Magen Orangensaft, ließ den Kaffee und ein Ei stehen, den größten Teil des Toasts liegen, stand auf und marschierte handlungsschwanger in der Kantine auf und ab.
So wurde ich als erster in den Prüfungsraum geführt, wo auf reizenden Tischen die Fragebogen bereitlagen. Die Wände waren in einem Grün getönt, das Einrichtungsfanatikern das Wort „entzückend“ auf die Lippen gezaubert hätte. Niemand war zu sehen, und doch war ich so sicher, beobachtet zu werden, daß ich mich benahm, wie ein Handlungsschwangerer sich benimmt,

wenn er sich unbeobachtet glaubt: ungeduldig riß ich meinen Füllfederhalter aus der Tasche, schraubte ihn auf, setzte mich an den nächstbesten Tisch und zog den Fragebogen an mich heran, wie Choleriker Wirtshausrechnungen zu sich hinziehen.

Erste Frage: Halten Sie es für richtig, daß der Mensch nur zwei Arme, zwei Beine, Augen und Ohren hat?

Hier erntete ich zum ersten Male die Früchte meiner Nachdenklichkeit und schrieb ohne Zögern hin: „Selbst vier Arme, Beine, Ohren würden meinem Tatendrang nicht genügen. Die Ausstattung des Menschen ist kümmerlich.“

Zweite Frage: Wieviel Telefone können Sie gleichzeitig bedienen?

Auch hier war die Antwort so leicht wie die Lösung einer Gleichung ersten Grades. „Wenn es nur sieben Telefone sind“, schrieb ich, „werde ich ungeduldig, erst bei neun fühle ich mich vollkommen ausgelastet.“

Dritte Frage: Was machen Sie nach Feierabend?

Meine Antwort: „Ich kenne das Wort Feierabend nicht mehr – an meinem fünfzehnten Geburtstag strich ich es aus meinem Vokabular, denn am Anfang war die Tat.“

Ich bekam die Stelle. Tatsächlich fühlte ich mich sogar mit den neun Telefonen nicht ganz ausgelastet. Ich rief in die Muscheln der Hörer: „Handeln Sie sofort!“ oder:

„Tun Sie etwas! – Es muß etwas geschehen – Es wird etwas geschehen – Es ist etwas geschehen – Es sollte etwas geschehen." Doch meistens – denn das schien mir der Atmosphäre gemäß – bediente ich mich des Imperativs.

Interessant waren die Mittagspausen, wo wir in der Kantine, von lautloser Fröhlichkeit umgeben, vitaminreiche Speisen aßen. Es wimmelte in Wunsiedels Fabrik von Leuten, die verrückt darauf waren, ihren Lebenslauf zu erzählen, wie eben handlungsstarke Persönlichkeiten es gern tun. Ihr Lebenslauf ist ihnen wichtiger als ihr Leben, man braucht nur auf einen Knopf zu drücken, und schon erbrechen sie ihn in Ehren.

Wunsiedels Stellvertreter war ein Mann mit Namen Broschek, der seinerseits einen gewissen Ruhm erworben hatte, weil er als Student sieben Kinder und eine gelähmte Frau durch Nachtarbeit ernährt, zugleich vier Handelsvertretungen erfolgreich ausgeübt und dennoch innerhalb von zwei Jahren zwei Staatsprüfungen mit Auszeichnung bestanden hatte. Als ihn Reporter gefragt hatten: „Wann schlafen Sie denn, Broschek?", hatte er geantwortet: „Schlafen ist Sünde!"

Wunsiedels Sekretärin hatte einen gelähmten Mann und vier Kinder durch Stricken ernährt, hatte gleichzeitig in Psychologie und Heimatkunde promoviert, Schäferhunde gezüchtet und war als Barsängerin unter dem Namen Vamp 7 berühmt geworden. Wunsiedel selbst war einer von den Leuten, die morgens, kaum erwacht, schon entschlossen sind, zu handeln. „Ich muß handeln“, denken sie, während sie energisch den Gürtel des Bademantels zuschnüren. „Ich muß handeln“, denken sie, während sie sich rasieren, und sie blicken triumphierend auf die Barthaare, die sie mit dem Seifenschaum von ihrem Rasierapparat abspülen: Diese Reste der Behaarung sind die ersten Opfer ihres Tatendranges. Auch die intimeren Verrichtungen lösen Befriedigung bei diesen Leuten aus: Wasser rauscht, Papier wird verbraucht. Es ist etwas geschehen. Brot wird gegessen, dem Ei wird der Kopf abgeschlagen. Die belangloseste Tätigkeit sah bei Wunsiedel wie eine Handlung aus: wie er den Hut aufsetzte, wie er – bebend vor Energie – den Mantel zuknöpfte, der Kuß, den er seiner Frau gab, alles war Tat.

Wenn er sein Büro betrat, rief er seiner Sekretärin als Gruß zu: „Es muß etwas geschehen!“ Und diese rief frohen Mutes: „Es wird etwas geschehen!“ Wunsiedel ging dann von Abteilung zu Abteilung, rief sein fröhliches: „Es muß etwas geschehen!“ Alle antworteten: „Es wird etwas geschehen!“ Und auch ich rief ihm, wenn er mein Zimmer betrat, strahlend zu: „Es wird etwas geschehen!“

Innerhalb der ersten Woche steigerte ich die Zahl der bedienten Telefone auf elf, innerhalb der zweiten Woche auf dreizehn, und es machte mir Spaß, morgens in der Straßenbahn neue Imperative zu erfinden oder das Verbum geschehen durch die verschiedenen Tempora, durch die verschiedenen Genera, durch Konjunktiv und Indikativ zu hetzen; zwei Tage lang sagte ich nur den einen Satz, weil ich ihn so schön fand: „Es hätte etwas geschehen müssen", zwei weitere Tage lang einen anderen: „Das hätte nicht geschehen dürfen."
So fing ich an, mich tatsächlich ausgelastet zu fühlen, als wirklich etwas geschah. An einem Dienstagmorgen – ich hatte mich noch gar nicht richtig zurechtgesetzt – stürzte Wunsiedel in mein Zimmer und rief sein „Es muß etwas geschehen!"
Doch etwas Unerklärliches auf seinem Gesicht ließ mich zögern, fröhlich und munter, wie es vorgeschrieben war, zu antworten: „Es wird etwas geschehen!" Ich zögerte wohl zu lange, denn Wunsiedel, der sonst selten schrie, brüllte mich an: „Antworten Sie! Antworten Sie, wie es vorgeschrieben ist!" Und ich antwortete leise und widerstrebend wie ein Kind, das man zu sagen zwingt: ich bin ein böses Kind. Nur mit großer Anstrengung brachte ich den Satz heraus. „Es wird etwas geschehen", und kaum hatte ich ihn ausgespro-

chen, da geschah tatsächlich etwas: Wunsiedel stürzte zu Boden, rollte im Stürzen auf die Seite und lag quer vor der offenen Tür. Ich wußte gleich, was sich mir bestätigte, als ich langsam um meinen Tisch herum auf den Liegenden zuging: daß er tot war.

Kopfschüttelnd stieg ich über Wunsiedel hinweg, ging langsam durch den Flur zu Broscheks Zimmer und trat dort ohne anzuklopfen ein.

Broschek saß an seinem Schreibtisch, hatte in jeder Hand einen Telefonhörer, im Mund einen Kugelschreiber, mit dem er Notizen auf einen Block schrieb, während er mit den bloßen Füßen eine Strickmaschine bediente, die unter dem Schreibtisch stand. Auf diese Weise trägt er dazu bei, die Bekleidung seiner Familie zu vervollständigen. „Es ist etwas geschehen", sagte ich leise. Broschek spuckte den Kugelstift aus, legte die beiden Hörer hin, löste zögernd seine Zehen von der Strickmaschine.

„Was ist denn geschehen?" fragte er.

„Herr Wunsiedel ist tot", sagte ich.

„Nein", sagte Broschek.

„Doch", sagte ich, „kommen Sie!"

„Nein", sagte Broschek, „das ist unmöglich", aber er schlüpfte in seine Pantoffeln und folgte mir über den Flur.

„Nein“, sagte er, als wir an Wunsiedels Leiche standen, „nein, nein!“ Ich widersprach ihm nicht. Vorsichtig drehte ich Wunsiedel auf den Rücken, drückte ihm die Augen zu und betrachtete ihn nachdenklich. Ich empfand fast Zärtlichkeit für ihn, und zum ersten Male wurde mir klar, daß ich ihn nie gehaßt hatte. Auf seinem Gesicht war etwas, wie es auf den Gesichtern der Kinder ist, die sich hartnäckig weigern, ihren Glauben an den Weihnachtsmann aufzugeben, obwohl die Argumente der Spielkameraden so überzeugend klingen.
„Nein“, sagte Broschek, „nein.“
„Es muß etwas geschehen“, sagte ich leise zu Broschek.
„Ja“, sagte Broschek, „es muß etwas geschehen.“
Es geschah etwas: Wunsiedel wurde beerdigt, und ich wurde ausersehen, einen Kranz künstlicher Rosen hinter seinem Sarg herzutragen, denn ich bin nicht nur mit einem Hang zur Nachdenklichkeit und zum Nichtstun ausgestattet, sondern auch mit einer Gestalt und einem Gesicht, die sich vorzüglich für schwarze Anzüge eignen. Offenbar habe ich – mit dem Kranz künstlicher Rosen in der Hand hinter Wunsiedels Sarg hergehend – großartig ausgesehen. Ich erhielt das Angebot eines eleganten Beerdigungsinstitutes, dort als berufsmäßiger Trauernder einzutreten. „Sie sind der geborene Trauernde“, sagte der

Leiter des Instituts, „die Garderobe bekommen Sie gestellt. Ihr Gesicht – einfach großartig!"
Ich kündigte Broschek mit der Begründung, daß ich mich dort nicht richtig ausgelastet fühle, daß Teile meiner Fähigkeiten trotz der dreizehn Telefone brachlägen. Gleich nach meinem ersten berufsmäßigen Trauergang wußte ich: Hierhin gehörst du, das ist der Platz, der für dich bestimmt ist.
Nachdenklich stehe ich hinter dem Sarg in der Trauerkapelle, mit einem schlichten Blumenstrauß in der Hand, während Händels Largo gespielt wird, ein Musikstück, das viel zu wenig geachtet ist. Das Friedhofscafé ist mein Stammlokal, dort verbringe ich die Zeit zwischen meinen beruflichen Auftritten, doch manchmal gehe ich auch hinter Särgen her, zu denen ich nicht beordert bin, kaufe aus meiner Tasche einen Blumenstrauß und geselle mich zu dem Wohlfahrtsbeamten, der hinter dem Sarg eines Heimatlosen hergeht. Hin und wieder auch besuche ich Wunsiedels Grab, denn schließlich verdanke ich es ihm, daß ich meinen eigentlichen Beruf entdeckte, einen Beruf, bei dem Nachdenklichkeit geradezu erwünscht und Nichtstun meine Pflicht ist. Spät erst fiel mir ein, daß ich mich nie für den Artikel interessiert habe, der in Wunsiedels Fabrik hergestellt wurde. Es wird wohl Seife gewesen sein.

Kurt Tucholsky

Der Zeitsparer

Am 27. Februar 1926 war es so weit. –
Die Herren in weißen Laboratoriumsmänteln erfüllten den großen Raum, bewegten sich unruhig, lachten, gestikulierten und sprachen aufgeregt durcheinander. Denn sie hatten zwei Stunden regungslos gehorcht, abwechselnd auf den ungefügen Apparat gestiert, der in der Mitte des Hörsaales stand, und auf den kleinen Mann, der leichenblass auf einem Stühlchen saß und mit leiser Stimme Erläuterungen gab …
Der deutsche Professor Gottlieb Friedrich Waltzemüller hatte den Zeitsparer erfunden.
Der Apparat hob die Zeit auf. Er war gar nicht so kompliziert, und wenn Sie Ihrerseits aufs Patentamt gehen, werden Sie sehen, dass ich recht habe: denn da bekommen Sie die Erklärung zu dem Ding, das aussah, – damals, heute sind sie ja anders, – wie ein zugedecktes Bett aus Stahl. Man legte sich hinein, und was man da an Zeit ersparte – denn drinnen liefen ja die Uhren nicht, nicht die elektrischen und nicht die Sanduhren, – das konnte man beliebig

irgendwo in seinem Leben wieder ankleben und einfügen, – wo man es gerade brauchte …
Das gab ein Hallo! Mit dem Herumtrödeln auf der Erde war es auf einmal vorbei. Niemand hatte mehr Zeit zu verlieren. Die Redensart: „Ich habe keine Zeit" wurde Formel für den Offenbarungseid, – und es war ganz erstaunlich, wie sich die Menschen beeilten, um mit den nötigsten Obliegenheiten fertig zu werden. Sie sparten! Keiner tat noch etwas anderes, als im Eiltempo die wenige Nahrung zu sich zu nehmen und sich dann befriedigt in den Apparat zu packen. Da drinnen sparte er nun Zeit und legte sie auf die hohe Kante. Wer ging noch spazieren? Wer hatte noch Augen zu sehen, was auf der Welt vor sich ging? Sie lasen nicht, sie liebten nicht, sie freuten sich nicht mehr – sie sparten.
Carnegie hatte zu allem Zeit. Er aaste geradezu mit der Zeit, als ob er sie später nicht noch einmal brauchen könnte. Aber dafür war vorgesorgt: er kaufte Zeit auf. Und tausend arme Teufel legten sich krumm, damit der kleine weißhaarige Herr sich so recht gemütlich eine Birne schälen oder gar ein Stückchen zu Fuß gehen konnte.
Es gab eine Zeitbörse. Da wurde die Zeit gehandelt, – und weil sie sehr gut bezahlt wurde, so legten sich ganze Dörfer industriemäßig in den Kasten aus Stahl,

sparten und verkauften meistbietend. Darauf fielen die Preise – aber durch einen Trust gelang es, eine kräftige Hausse zu erzielen.

–… Einmal gab es einen Corner: Mister Woolf aus New York, der infolge eines tödlich verlaufenen Unterhaltungsromans einen schrecklichen Tod gefunden hatte, lebte wieder auf, weil er fühlte, dass hier ein Geschäft zu machen sei, kaufte auf, – ich glaube, er hat damals im ganzen zirka 70000 Jahre gehabt – wurde eingekreist und musste losschlagen. Man konnte darauf den Tag schon für 5 Cents haben, und die Leute bummelten, dass es eine Schande war. Die Theater machten weit auf, ganz reiche Herrschaften begannen Fußball zu spielen, und man sah bereits wieder Angehörige des mittleren Bürgerstandes, die im Schein der untergehenden Sonne lässig vor der Schwelle ihres Häuschens stehend träumerisch in der Nase bohrten …

Aber das ging vorüber: der Monat Zeit kostete wieder seine achtzig Dollar, und alles war wie früher.

So lagen die Dinge, als sich eine seltsame Nachricht auf der Erde verbreitete. Bei München, hieß es, lebe ein Mann, der spare überhaupt keine Zeit! Hat man je so etwas gehört! Er sei Menschendoktor und heiße Bruck. Dr. Bruck …

Einige reiche Leute – denn die andern hatten ja keine Zeit – machten sich auf, diesen Unmenschen zu sehen. Wahrhaftig: als sie sich dem kleinen Anwesen näherten, rauchte da ein Mann mit einem Spitzbart eine Pfeife, eine lange Pfeife, und auf dem Porzellankopf – das sah man deutlich – war ein buntes Blumengewinde gemalt, mit Engeln, die die Girlandenenden angepackt hielten … Der Mann paffte behaglich und stieß die Rauchwölkchen in die warme Sommerluft, in der sie, hellblauen Gazeschleiern vergleichbar, langsam nach oben entschwebten … Und dieser Mensch verfolgte ihren Aufstieg zufrieden, und wenn eins verflogen war, schickte er ein anderes nach und mochte sich so an diesem Wolkenspiel schon eine ganze Weile erfreut haben. Und nicht genug damit: Er zündete sich die Pfeife, als sie ausging und nicht gleich brennen wollte, dreimal hintereinander an. Da brannte sie. Ja, war er denn toll …? Es schien so.

Denn als der reiche münchner Engrosschlächter Mauermeier sich dem Manne eilig prustend, um nicht zu viel Zeit zu verlieren, in das Gesichtsfeld schob, da sagte der: „Grüß Gott!“, sagte er und dann mummelte er so recht behaglich an seiner glimmenden Pfeife. Und ehe der Mauermeier sich noch recht erholt hatte, fuhr der Doktor fort: „Ja, wollen wir nicht ein kleines Spa-

ziergängchen machen? – Da seht doch nur, wie hübsch grün schon das wellige Gras ist, über das der Wind läuft, und da drüben die Höhen, auf die ich jetzt zuschreiten will, sind schon durchsichtig bläulich, und das ist ein gutes Zeichen fürs Wetter."
Da nahm sich der Mauermeier die Zeit – denn er hatte es dazu und konnte es sich leisten, Gott sei Dank! –, da nahm er sich die Zeit, ganz schnell einmal zu sagen: „Einsperren sollt man Eahna, Heer Nachbar, z'wegen Verschwendung!" –
Und schob eilig laufend, in der Richtung zum Bahnhof, ab, um den Zug nach München nicht zu verpassen, damit er gleich wieder weiter sparen könne ...
Der Doktor aber stand fröhlich lächelnd auf, ergriff das Stöckchen, das ihn auf allen Wegen begleitete, und durchschritt den sauberen, stillen Ort, darinnen er wohnte, besah sich voll guten Mutes die breiten Straßen und die niedrigen Häuser und das achteckige Türmchen auf dem Wirtshaus. Da oben, in dem achteckigen Zimmerchen, mit der Aussicht auf das Dorf und die Berge, habe eine verrückte Gräfin gewohnt, raunten die Leute, und wenn die Nebelschwaden dicht durch die regenschwere Luft zogen, dann schoben sie sich wohl an den acht Fensterchen vorbei, der Ofen knasterte, und eine weißhaarige Dame kroch mur-

melnd die gewundene Treppe herauf, um hier ein verlorenes Leben zu beschließen ... Das überdachte der Doktor, und dann guckte er, ob das Krankenhaus noch an seinem Platz sei, und sah nach der Post, vor der eine alte Rumpelchaise ohne die Gäule aufgestellt war, und nach dem Rathaus, – und stand schließlich nicht ab, unterwegens im besten Schmauchen ein kleines Poem zu verfertigen, indem alles darinnen stand: Wie schön doch das bisschen Leben sei, und wie man nur einmal auf die Welt gesetzt werde, und wie er für seine Person auf alle Mauermeiers und Zeitsparer pfeife.

Peter-T. Schulz

Lebe!

Mach dir keinen
Tag zur Pflicht.

Warte, bis er
zu dir spricht!

Dann dreh mit ihm
deine Runden.

Und behalt die
guten Stunden.

Arkadi Timofejewitsch Awertschenko

Ein Leitfaden für Faulenzer

„Ein Einschreibebrief – ja … das ist allerdings eine böse Sache, aber mit einem gewöhnlichen werde ich jederzeit fertig."

„Wie machst du denn das?"

„Wie ich das mache? Ja, mein Bester, das hängt ganz davon ab, ob ich ihn abschicke oder empfange …"

„Nun gut, sagen wir, dass du ihn abschickst …"

„Aha … Also, sieh mal, in diesem Falle schicke ich ihn erstens überhaupt nicht ab … Du weißt: nichts Schwereres, denn einen Brief abschicken … Du wirst schließlich nichts dabei finden, ein paar Stunden mit der Lektüre eines albernen Buches hinzubringen; du wirst womöglich eine geschlagene Nacht über dem Schachbrett hocken oder stumpfsinnig eine Stelle des Teppichmusters anstieren und Reime auf die unmöglichsten Wörter suchen; du wirst dich buchstäblich zu Tode langweilen … niemals aber wirst du nur zehn Minuten Zeit finden, um einen Brief zu beantworten. Denn über dieser Beschäftigung, mein Lieber, ruht ein seltsames Verhängnis; du empfängst den Brief und denkst: ‚Na, auf diesen werde ich aber wirklich antworten. Ich sollte eigentlich auf der Stelle schreiben.‘ Und hier kommt der Haken: Wenn du dich nicht sofort, zur selbigen Stunde, zur selbigen Minute an den Schreibtisch setzt, wenn du das nicht tust – so wirst du auch diesen Brief, wie alle anderen, im Leben nicht beantworten. In deinem ganzen Leben nicht … Nun fällt es dir natürlich im Traume nicht ein, sofort zu antworten; du denkst vielmehr: ‚Das hat schließlich Zeit bis morgen …‘, und steckst den Brief in die Brusttasche zu den anderen verwaisten, unbeantworteten Briefen, deren vergilbte Ränder der Zahn der Zeit benagt, während sie an den gekniffenen Stellen mürbe zerfallen … ‚Ich werde ihn gleich vornean stecken, um ihn morgen nicht zu vergessen.‘ So denkst du. Das ‚Morgen‘ aber hat sein eigenes unerbittliches Schicksal. Und einem jeden ‚Morgen‘ folgt ein anderes, ein so wohltuendes, trostreiches ‚Morgen‘, das abermals um einen Tag die grässliche Arbeit des Briefeschreibens hinausschiebt. So fließen drei, vier ‚Morgen‘ gemächlich dahin, und allmählich beginnt sich doch dein Gewissen zu regen. Aber es mag sich regen, so viel es nur will, den Brief schreibst du deshalb noch lange nicht … Und warum eigentlich? Welche geheime Macht hält dich jedes Mal, wenn du wirklich einen Anlauf machst – wenn du ihn machst –, mit unwiderstehlicher Gewalt davon zurück? …

So kommst du bald dazu, den unglückseligen Brief, der dir so viel Scherereien bereitet, von ganzer Seele zu hassen … Und eines Tages, wenn du gerade mal das Päckchen in der Brusttasche sichtest, das mittlerweile Schimmel und Staub angesetzt hat, denkst du am Ende bei dir so im Stillen: ‚Beantworten kann ich diesen verdammten Brief jetzt doch nicht mehr; das Beste wird sein, ich schmeiße ihn einfach raus, damit ich Ruhe habe …‘ Zusammen mit den anderen Briefen, die bereits ihre traurige Aufgabe erfüllt haben, den Adressaten mit Gewissensbissen zu quälen, fliegt nun endlich auch dieser Brief hinaus, und die Brusttasche öffnet aufs Neue gierig den nimmersatten Schlund …“

„So. Und wie rechtfertigst du dich hinterher dem Menschen gegenüber, der dir den Brief geschickt hat?“ –

„Was für einen Brief? Einen eingeschriebenen oder gewöhnlichen?“

„Ganz gleich …“

„Oh, durchaus nicht. Das ist ein himmelweiter Unterschied. Ein Einschreibebrief, siehst du, ist ein verräterisches Ding, und der Absender ist seiner Sache stets sicher, sofern er bloß die Quittung in der Tasche hat.

Diese Quittung geht allerdings bisweilen verloren, aber damit kann man schlechterdings nicht rechnen. Und nun hat man zum Überfluss noch die närrische Mode der Empfangsquittung eingeführt. Nein, nein, ein solcher Brief lässt sich schwer verleugnen …"

„Und ein gewöhnlicher?"

„Nun, das ist eine Bagatelle. Nehmen wir mal an, du begegnest dem Absender zufällig nach drei, vier Monaten. ‚Ah, guten Tag!', sagst du leutselig. ‚Wie geht's? Na, aber sagen Sie mal, warum lassen Sie denn gar nichts mehr von sich hören?' Er sieht dich natürlich wütend an und sagt grollend: ‚Schweinigel, Sie! Schweinigel, sage ich! Drei Briefe habe ich Ihnen geschrieben, und nicht einen einzigen haben Sie beantwortet! Man sollte denken, der einfachste Anstand' …

Hier machst du natürlich das Gesicht eines Menschen, der außer sich ist vor Schreck und Staunen. ‚Sie? Mir? Drei Briefe??!!'

‚Allerdings. Ich. Ihnen. Drei Briefe.'

Bei dem, was du nunmehr sagen wirst, musst du vor allem darauf achtgeben, dass es möglichst treuherzig klingt.

‚Hören Sie …', sagst du. ‚Ich glaube, Sie wissen, wie sehr ich meinen seligen Vater liebe. Also – ich schwöre

Ihnen bei seinem Leben, dass ich nicht einen einzigen Brief erhalten habe!'

‚Aber das ist einfach unmöglich', sagt der Einfaltspinsel. ‚Ich habe doch drei Briefe an Sie abgeschickt …'

Du nickst und lächelst resigniert.

‚Ja, die russische Post … Sie wissen doch … es ist nun mal kein Verlass auf sie … Ach, unsere Verwaltung überhaupt – auf allen Gebieten …'

Des Zweifels Gift ist nun einmal in seine Seele geträufelt.

‚Weiß der Teufel', denkt er. ‚Vielleicht stehlen sie wirklich auf der Post. Da schwört ein Mensch beim Leben seines Vaters, und er macht auch sonst einen ganz anständigen Eindruck …'

Das Eis ist gebrochen …

Ihr nehmt nebeneinander auf dem Sofa Platz und beginnt um die Wette auf die russische Post zu schimpfen …"

„Nun gut. Das begreife ich noch. Was machst du nun aber, wenn du nicht einfach einen Brief beantworten, sondern jemandem, der verreist, und dem du es heilig versprochen hast, eine Nachricht oder Auskunft geben sollst, sagen wir mal, in kurzer Frist, in drei Tagen?"

„Was ich da mache? Ich nehme mir selbstverständlich vor, ihm das Erwünschte zu schicken, weil ich ein ehr-

licher Kerl bin und es liebe, mein gegebenes Wort auch zu halten … Am ersten Tage aber schiebe ich es auf, weil ich ja noch den zweiten und den dritten habe; am zweiten desgleichen, weil ich ja noch immer den dritten habe; der dritte Tag aber besteht aus Morgen, Mittag und Abend, und der Abend seinerseits abermals aus zwei Teilen: dem ersten, da ich den Brief noch abschicken kann, was mir aber nicht gelingt, und dem zweiten, da ich den Brief nicht mehr abschicken kann, weshalb ich es eben unterlasse. Das ist der Grund, warum der Brief nie an den Adressaten gelangt."
„Gut. Nun kommt er aber von der Reise zurück. Und nun beginnst du dich also zu verstecken und ihm auszuweichen …"
„Auszuweichen – ich? Oho! Ich suche ihn im Gegenteil auf, sehe ihm dreist in die Augen und sage vor allem einmal bissig: ‚Das ist ja sehr nett! Das ist wirklich sehr liebenswürdig …'
Er hält natürlich schon ein ganzes Donnerwetter für mich bereit, aber mein Ton macht ihn doch unsicher: ‚Was ist los?', fragt er. ‚Was ist liebenswürdig?'
‚Ihr Benehmen … Ich denke doch, Sie hätten sich wenigstens mit einer Zeile bedanken können …'
Jetzt kennt seine Empörung keine Grenzen mehr.
‚Bedanken? Bei Ihnen? Dafür, dass Sie mich drei Tage

lang an der Nase geführt, dass Sie mir nicht geschrieben … dass Sie mich ganz niederträchtig hereingelegt haben …‘

Hier brause ich nun auf:

‚Was?! Sie wollen behaupten, dass Sie meinen Brief nicht erhalten haben? Ein blaues Gechäftskuvert und einen Briefbogen mit fliederfarbenem Rande? Ich musste noch, da ich keine Siebenkopekenmarke hatte, einige Kopekenmarken aufkleben …‘

Die Einzelheiten schlagen ihn.

‚Ein blaues Geschäftskuvert, sagen Sie … Und einzelne Kopekenmarken? …‘

‚Nun ja doch, gelbe Kopekenmarken. Mit solchen kleinen Zacken am Rande.‘

Er schlägt sich auf die Brust:

‚Also, so wahr mir Gott helfe, ich habe nichts bekommen! Mein Ehrenwort!‘

‚Sie geben Ihr Ehrenwort, dass Sie nichts bekommen haben?‘, frage ich nun meinerseits, schon etwas ruhiger.

‚Mein Ehrenwort!‘

‚Na, da steht mir aber der Verstand still! Ich hab den Brief selbst geschrieben, ihn selbst zu Post getragen, weil ich mich auf das Mädchen nicht verlassen wollte – ihn selbst in den Kasten getan. In einen von den gelben Kästen, wissen Sie?‘

‚Ich weiß …', sagt er müde.
‚Na also, sehen Sie! Weiß der Deubel auch – Zustände sind das in unserem russischen Postwesen … einfach grauenhaft! … Der Gipfel der Nachlässigkeit und der Nichtachtung fremden Eigentums! Denken Sie mal: Weil also der Briefträger in der Kneipe womöglich die Briefe unter den Tisch fallen lässt, muss ich mich aufregen und Sie verdächtigen, dass Sie mir aus irgendwelchen Gründen den Empfang des Briefes verheimlichen … Schauderhaft …!'
Hiernach ist natürlich von Vorwürfen seinerseits keine Rede mehr, vielmehr ist nun die Reihe an ihm, sich zu rechtfertigen und zu entschuldigen."
„Hm … ja! Ich sehe, das ist eine ganze Wissenschaft. Und so verfährst du mit allen Briefen?"
„Leider!"
„Gut, dass du es gestehst! Nun ist mir auch klar, wo der Brief hingeraten ist, den du mir angeblich voriges Jahr geschrieben hast!"
„Nein, den Brief habe ich tatsächlich geschrieben. Dir, Freund, habe ich wirklich geschrieben. Ich bin ein ehrlicher Kerl und gebe mein Wort nicht leichtsinnig her. Die anderen habe ich hinters Licht geführt, das ist wahr, aber dir habe ich geschrieben. Und wenn der Brief nicht angekommen ist, so ist daran allen Ernstes

die Post schuld! Allerdings liegt die Sache nicht ein Jahr, sondern bereits vierzehn Monate zurück. Ich entsinne mich noch, dass der Briefbogen nicht in das Kuvert passte und dass ich einen Streifen vom Rande abschneiden musste. Ja, was willst du mehr – ich kann dir eine kuriose Einzelheit nennen, die mir bis jetzt im Gedächtnis haften geblieben ist: Als ich den Bogen beschnitt, schnitt ich auch versehentlich einige Worte mit fort, sodass es einen merkwürdigen Satz ergab: ‚Ich drücke dich …‘, aber ‚an die Brust …‘ war fortgeschnitten. Haha! Und ich entsinne mich auch, dass ich, um dich zu necken, auf das Kuvert in großen Buchstaben ‚Seiner Hoheit …‘ geschrieben habe. Nein, mein Lieber, dieser Brief ist nun wirklich echt. Wie gesprochen – so getan!“

Derjenige, der seinen Freund beschuldigt hatte, ihn nach dem gleichen System, wie alle andern, genasführt zu haben, sah ihn belustigt an, lächelte und sagte: „Schon gut; beruhige dich. Du hast mir vor einem Jahr keinen Brief versprochen und mir auch nie von dessen Verlust geredet. Ich habe dies in diesem Augenblick frei erfunden …“

Julius Kreis

Ofen-Temperamente

Öfen gibt es, die sind Sanguiniker. Sie sind verhältnismäßig leicht zu behandeln und zu ertragen. Mit ein bisschen Holz und Kohlen im Leib werden sie leicht entzündet, brennen lustig drauf los und verbreiten Wärme und Behagen ohne viel Schwierigkeiten und Problematik. Aber es ist kein Verlass darauf. Ein hartes Holzscheit, eine verschlackte Kohle nimmt ihnen bald Lust und Stimmung, weiter zu brennen. Sie spielen erst noch ein bisschen damit herum, dann sind sie müde, und wenn's nicht leicht geht mit der Flammerei, lassen sie's sein. Strohfeuer-Öfen! Gibt man ihnen eine Handvoll Späne oder Papier – gleich sind sie wieder Feuer und Flamme. Für ihre leichte Lebensführung lieben sie leichten Brennstoff. Sie sind keine Bohrer und Tüftler, keine Prinzipienbrenner und Justament-Öfen. Brennt's is' recht – brennt's nicht – is' auch recht!

Die Choleriker sind die ganz Schwierigen. Erst fauchen und rauchen sie giftige schwarzbraune und gelbe Schwaden aus jeder Ritze. Sie haben einen großen Ehrgeiz, mit einem Vulkan verwechselt zu werden. Sie brennen mit Wut und Verbissenheit. Jede Kohle sprengen sie mit Knall und Krach entzwei und tun so, als wollten sie jeden Augenblick bersten – in die Luft gehen, wie ein ergrimmter Familienvater, dem man zu viel zugemutet hat. Vor Hitze kriegen sie einen roten Kopf. Als Öfen sind sie trotzdem wegen ihrer Heißblütigkeit brauchbar, aber man darf nicht zu nahe hinkommen, sonst spucken sie einen mit Glutbrocken an. Die Melancholiker unter den Öfen werden ganz langsam warm und brennen mit niederer Flamme. Sie seufzen oft herzbewegend durch das Ofenrohr und setzen viel Ruß an, der ihnen außen und innen etwas Trauriges gibt. – Sie sind immer ein bisschen verstopft, daher ihr Hang zu Sentimentalität. Gegen fremde Menschen sind sie scheu und voll Hemmungen beim Anschüren. Oft verlieben sie sich in ein kerniges Buchenscheit und können sich aus lauter Gefühl nicht entschließen, es zusammenzubrennen. – Ihr Schmerz ist, dass sie als Ofen geboren sind und nicht als Stern. – Wie würden sie da leuchten!

Der Ofen-Phlegmatiker ist gut zu haben. Wenn er einmal ins Brennen gekommen ist, brennt er aus Faulheit gleichmäßig weiter und lässt nur von Zeit zu Zeit ein Stück Holz durch den Rost fallen, damit ihm leichter wird. – Er gibt nicht übermäßig viel Wärme her. „Richtet“ man was daran, oder sucht man Neuerungen anzubringen, so leistet er passiven Widerstand. Er liebt keine Veränderungen. Sein Feind ist der Kaminkehrer. Gern hat er ein Haferl Kaffee auf sich stehen oder eine aufzuwärmende Suppe. Gar nicht mag er, wenn Spiegeleier oder Koteletts auf ihm gebraten werden, denn das Gebritzel und Gebrutzel stört ihn in der Sammlung und Beschaulichkeit. – Am liebsten ist ihm der Sommer, wenn ihn alles in Ruhe lässt und sein Herr verreist ist. Wenn er sich beim großen Wandel etwas wünschen dürfte: Portier in einer Glyptothek (Gemäldesammlung) möchte er gerne werden.

Gotthold Ephraim Lessing

Lob der Faulheit

Faulheit, itzo will ich dir
auch ein kleines Loblied bringen.
O – – wie – – sau – – er – – wird es mir, – –
dich – – nach Würden – – zu besingen!
Doch, ich will mein Bestes tun,
nach der Arbeit ist gut ruhn.
Höchstes Gut! wer dich nur hat,
dessen ungestörtes Leben – –
Ach! – – ich – – gähn – – ich – – werde matt – –
nun – – so – – magst du – – mirs vergeben,
dass ich dich nicht singen kann;
du verhinderst mich ja dran.

Gerhard Polt

Der Ruhe-Erzwinger

„Ist da noch frei?", frage ich, hoffend, in der Gaststätte noch einen Platz zu ergattern.
„Freilich", sagt der Mann am Tisch. „Setzen S' Eahna ruhig hin."
Endlich, ich sitze. So, und jetzt die Speisenkarte. Da plötzlich – grrummelgrr – ein tiefes Grollen unter dem Tisch – grrmmgrr – naff. Ich lasse erschrocken die Karte fallen.
„Der tut nichts", sagt der Tischnachbar, „der ist heute nur etwas schlecht aufgelegt. Wenn Sie sich ruhig verhalten, dann macht er nichts. Bloß tun S' um Gottes willen nicht mit der Hand auf den Tisch schlagen – da erschrickt er. Er ist nämlich ein Rottweiler, und die Rottweiler sind halt einmal sehr sensibel."
„Jaja", sage ich. Trotz einer gewissen Beklemmung bestelle ich Würstel und ein Bier. Als ich mir prophylaktisch den Senfnapf hole, geht's los: Grrrumgrrchnaahrrr.
Ein bestialisches, animalisches Grollen. Unter mir sitzt einer, der frisst auch Menschen.

„Brav“, gebietet sein Herrchen. „Schön brav. Der Herr ist auch ein Gast – so wie du, hähä“, lacht der Dompteur. „Aber beherzigen Sie, was ich Ihnen sage: Keine Bewegung – möglichst.“
Leider kommt das Bestellte, die Würstel. Die Bedienung stellt sie etwas unsanft auf den Tisch. Grrmrrchchmrrwoouu. Jetzt kriege ich Angst. Unter dem Tisch rumort es. Hoffentlich beißt er nicht zu.
„Sie können schon essen“, sagt mein Vis-à-vis, „aber bitte achten Sie auf Ihr Besteck, das Klicken mag er nicht. So was mögen Rottweiler generell nicht so gern.“
„Okay“, sage ich. Ich schwitze. Vorsichtig, wie wenn man operiert, schneide ich die Wurst und dosiere den Druck aufs Messer, damit nicht plötzlich ein Aufprall aufs Porzellan passiert.
Das Sauerkraut lässt sich geräuschlos mit der Gabel lupfen.
„Er ist eine Seele von einem Hund“, sagt sein Besitzer. „Er hasst die Nervosität beim Menschen.“
Ich trinke, aber dann muss ich das Glas abstellen, leider zu hart, obwohl der Bierdeckel dämpft. Grurrgrrrwuff. Ich schnaufe durch und halte den Atem an. Ich hätte gerne meinen Fuß bewegt, aber jetzt bin ich steif wie ein Zaunpfahl. Ich bewege mich nicht mehr.

Der Bestienbesitzer zündet sich gemütlich eine Zigarre an. „Und? Schmeckt's?", fragt er.
Ich nickte vorsichtig, um kein Geräusch zu machen. Ich müsste jetzt auf die Toilette, aber ich trau mich nicht, mich zu erheben.
Ich frage: „Sie, ich müsste einmal – Sie verstehen, aber – der Hund?"
„Ja, Sie haben recht", sagt der Mann, „ich rauche noch meine Zigarre zu Ende, und dann gehen wir sowieso. So lang können S' doch noch durchhalten?"
Ich nickte eifrig.
„Hat's nicht geschmeckt?", fragt die Bedienung.
„Doch – aber zu viel", sage ich gepresst, „und ich möchte gern zahlen."
„Sechzehn Mark zwanzig macht's."
„Achtzehn", sage ich.
„Und zwei Mark zurück." Peng – die zwei Mark rollen auf den Tisch. Wuffrgrrmichrrhrrwaff. Unter dem Tisch ein Inferno – fürchterlich, das Raubtier ist zum Äußersten gereizt.
„Pfui!", brüllt sein Meister. „Zurück – pfui!"
Die Bedienung ist auch zu Tode erschrocken, von unten tönt's: Uwauwau!
„Hätten S' halt zur Bedienung ‚Es stimmt schon' gesagt, dann wäre das nicht passiert."

Inzwischen bin ich aber soweit, mein linker Fuß ist weitgehend verheilt, und in vier Tagen kann ich wieder ohne Krücken gehen.

Quellen

Ulrich Schnabel, Der Wert des Nichtstuns, Auszug aus: Ulrich Schnabel, Muße. Vom Glück des Nichtstuns, Copyright © 2010 Karl Blessing Verlag, München, in der Verlagsgruppe Random House GmbH

Axel Hacke, Der Erlediger, aus: Axel Hacke, Auf mich hört ja keiner, © Verlag Antje Kunstmann GmbH, München 1999

Erich Kästner, Bürger, schont eure Anlagen, aus: Erich Kästner, Lärm im Spiegel. © Atrium Verlag, Zürich 1929 und Thomas Kästner

Martin Suter, Widmann, Workaholic, aus: Martin Suter, Huber spannt aus, Copyright © 2005 Diogenes Verlag AG Zürich

Amelie Fried, Mein Schweinehund und ich, © bei der Autorin

Peter-T. Schulz, Ruhe!, © beim Autor

Eckart von Hirschhausen, Ausschlafen – Aufgeweckte, legt euch hin!, aus: Eckart von Hirschhausen, Die Leber wächst mit ihren Aufgaben, Copyright © 2008 by Rowohlt Verlag GmbH, Reinbek bei Hamburg

Mascha Kaléko, Langschläfers Morgenlied, aus: Mascha Kaléko, aus: Mascha Kaléko, Das lyrische Stenogrammheft, © 1956 Rowohlt Taschenbuch Verlag GmbH, Reinbek

Wir danken den Autoren und Verlagen für die freundliche Abdruckgenehmigung. Sollte es dem Verlag trotz intensiver Bemühungen nicht gelungen sein, die Inhaber der Textrechte zu ermitteln, bleiben berechtigte Honoraransprüche erhalten.